二人の脱獄者

蒼穹に響く銃声と終焉の月

九条菜月

Natsuki Kujo

C★NOVELS Fantasia

口絵・挿画　伊藤明十

目次

キャラクタ紹介
カルディナ・バシュレ
(一等兵)
第三監房棟所属
クロラ・リル
(一等兵)
別名多数あり。16歳で成長が止まった外見を生かして、潜入調査に従事する
サルバ・ラケール
(大尉)
第三監房棟所属

セリオ・アバルカス
（少尉）
第一監房棟所属
ブラス・ブラト
（一等兵）
第二監房棟所属
レジェス・ハイメ
（一等兵）
第一監房棟所属
ディエゴ・クライシュナ
（中佐）
クロラの上官。第六連隊隊長
セルバルア・ゼータ
（グルア監獄所長）
ディエゴの天敵（?）

二人の脱獄者

蒼穹に響く銃声と終焉の月

序章

いつか還る　懐《なつ》かしき空
届けておくれ　旅鳥たちよ
風に乗せ　わたしの声を　愛《いと》し子に
いつか還る　懐かしき海
届けておくれ　旅鳥たちよ
波に乗せ　わたしの心を　愛し子に
いつか還る　愛おしき腕《かいな》
届けておくれ　わたしの想いを
夢に乗せ　静かに眠れ　愛し子よ

永久に　永久に

月の光のように繊細な歌声が、闇夜《やみよ》に紡《つむ》がれる。優しく、悲しく、慈しむように。万感の想いを込め、祈るように——。

「……母さん？」

夜半、目覚めてみれば母の姿はなかった。またか、と溜息《ためいき》を零《こぼ》す。白髪の少年は躊躇《ためら》った末にベッドから小さな足を降ろした。ひんやりとした床に、ぶるりと体を震わせる。

窓から差し込む月明かりを頼りに、少年はランプの明かりが微《かす》かに漏《も》れる部屋へと辿《たど》り着《つ》く。扉を開けると、寝間着のまま実験机に向かっている母の背中が見えた。

手元を動かしながら、無意識のように口ずさまれる歌。少年は戸口に立ったまま母に声を掛《か》けた。

「母さん。眠らないと駄目だよ」

声は思いの外、大きく響いた。しかし、手が止まる気配はない。

「母さん」

無駄《むだ》だとわかっていても、呼ばずにいられない。

研究者である母は、食事と睡眠以外、実験机に向かっているような人物だった。閃《ひらめ》きがあれば、その睡眠ですら蔑《ないがし》ろにしてしまう。

体調を崩して倒れるのは日常茶飯事で、その度に掛かりつけの医者に運び込まれた。はじめは親身になって色々と忠告してくれた医師も、今では呆《あき》れ顔だ。

「母さん……」

山間ということで、夜は冷える。もともとあまり丈夫ではない母だ、寝間着のままでは風邪を引いてしまうかもしれない。寝室に戻った少年は、椅子《いす》に掛けてあった母の上着を手に取った。そして、研究室へと駆け足で戻る。

研究に没頭している母に上着を手渡したところで、床に捨て置かれるだけだろう。少年は丸椅子を引き摺《ず》ってきて、それに上った。これなら母の肩に手が届く。上着が落ちないようにしっかりと掛け、間近でその横顔を眺めた。

「母さん」

返答はない。母の眼に自分の姿は映らなかった。いつもそうだ。母の脳裏《のうり》を占めるのは、〝研究〟の二文字。たまにこちらへ意識を向けてくるが、それも日に一度か二度あるかないかだ。まったく会話のない日も珍しくはない。

「お休みなさい」

せめて少しでも寒さを凌《しの》げるようにと、扉をきっちり閉めた。暖炉に火を入れられれば一番いいのだが、母が生活費の大半を研究に注《つ》ぎ込《こ》んでしまうので、薪《まき》を買う余裕はない。

月明かりに照らされた廊下は静まり返っている。研究ここは町外れの一軒家だ。暮らしているのは自分と母の二人きり。

母がなにを研究しているのかはわからない。ただ時々、見知らぬ男たちがやってきて、土の入った大量の袋《ふくろ》を室内に運び入れていた。たぶん研究に必要なものだ。

少年は扉に背を預けるようにして、その場に座り込んだ。不思議と眠気は襲ってこなかった。だから、もう少しだけ。もう少しだけ、母の傍《そば》にいたかった。たとえここに自分がいると、気付いてもらえなくても——。


どす、という鈍い音と同時に、脇腹《わきばら》に痛みを感じた。続いて浮遊感に包まれたかと思うと、背中と腰に衝撃が走る。とっさに眼を開けば、木張りの床が見えた。

「あー……」

痛みを堪《こら》えながら体を起こしたクロラ・リルは、残っていた眠気を、雪のように真っ白な頭を左右に振ることで吹き飛ばした。なぜ、ベッドから落ちたのか。

先ほどまで横たわっていたベッドを確認すれば、そこでは一応、先輩になるブラス・ブラトがすやすやと幸せそうな顔で寝息を立てていた。元凶であろうクロラを蹴《け》り飛《と》ばした足は、半分以上がベッドからはみ出ている。

「そういや、昨夜は……」

同室者を怒らせてしまったから泊まらせろと、ブラトが押しかけてきたのだ。

椅子を二つ使った簡易ベッドの作成が面倒だったのか、ブラトはクロラのベッドを占領しようとした——が、クロラの同室者のひと睨《にら》みによりしぶしぶと半分を明け渡した。狭い、狭い、と文句を背中に聞きながら、そのまま枕を並べて眠りについたのだが。

「夜中に蹴り落とされなかっただけ、ましか」

床に座ったまま、クロラは大きく背伸《せの》びする。反対側のベッドに、同室者の姿はなかった。毛布もきれいに畳《たた》まれている。

「ハイメさんは早番だったな……って、もうこんな時間か」

壁の時計を見れば、勤務開始の時間が迫《せま》っていた。肩や背中の痛みを堪え、クロラは未《いま》だに夢の中にいるブラトの体を揺さぶった。

「ブラス先輩。遅刻しますよ」

今なら朝食を抜けば、ぎりぎりで間に合う時間だ。二十歳前後のやや小柄な青年は、なぜか枕を抱きかかえ「バシュレさぁ〜ん」と頬摺《ほおず》りしている。正直、朝から見たい光景ではない。張り倒したい気持ちを堪え、声を掛ける。

「ブラス先輩！」

「ん、むむむ、わかってる、わかってるって。君のことも大好きだから。うひひひ」

全身を大きく揺すってみるも、聞こえるのは不明瞭な返答ばかり。いっそのこと、このまま放置して部屋を出てしまおうかと、不穏な考えが脳裏を過《よぎ》る。

しかし、今の性格設定ではそれも叶《かな》わない。肩を竦《すく》めて、クロラは奥の手を使った。

「ゼータ所長に崖《がけ》から吊《つ》るされますよ！」

「ひぃ！」

ブラトは飛び上がらんばかりの勢いで体を起こした。そして、真っ青な顔で辺りを見回す。

「俺、高所恐怖症なんだよ！」

「そうなんですか。じゃあ、もしもの時は、海面ぎりぎりに吊るしてもらえるようにお願いしておきますね。あ、早く用意しないと遅刻しますよ」

「へ？」

「だから、遅刻」

一瞬、惚《ほう》けた顔をしたブラトだったが、クロラの言わんとすることに気付いたらしい。焦《あせ》った顔で、真っ先に短く刈り上げた髪を整えだす。

まずは着替えが先ではないのか、とクロラは内心で嘆息した。

「クロラ、お前もなに悠長《ゆうちょう》にしてんだよ！　急がないと遅刻だぞ、遅刻！」

「今日は休みです」

「裏切り者め！」

昨夜のうちに、ちゃんと翌日は休みだと告げたのだが、ブラトの耳には入っていなかったようだ。「じゃ、じゃあ、レジェスは？」と訊《き》かれたので、正直に「ハイメさんなら早番ですよ」と答える。断末魔に近い呻《うめ》き声が漏れた。遅刻仲間がいないことに絶望したようだ。そんなことをしている暇があるなら、さっさと部屋に戻って着替えればいいのに。

「ああっ、寝癖《ねぐせ》が直んねぇ！」

「……いつもと変わりないと思いますが。どこに問題が？」

「変わるんだよ。ここ！　前髪がぴんっとしてねぇだろ！　大問題だ！」

「はぁ」

ブラトは大声で反論しながら、持参してきた手鏡で必死に寝癖を直す。朝っぱらから元気なことだ。

「よし、あとは着替えるだけだ。街に行くんだったら、美味《うま》い土産《みやげ》をよろしくな！」

納得のいく髪型になったのか、ブラトは威勢よく部屋を飛び出していった。寝癖も部屋に戻ってから直せばいいのに。一人取り残されたクロラは、疲れた笑みでそれを見送る。

急に静けさを取り戻した室内で、クロラは床に座り込んだままなんとはなしに天井《てんじょう》を見上げた。

「ここに来て、もう一ヶ月、か」

グルア監獄――サライ国の軍部が管理、運営する軍人や政治犯専用の刑務所だ。

本土から船で半日ほど掛かる孤島。正確な位置は限られた者にしか知らされておらず、グルア監獄への航路は熟練の船乗りたちでさえ眉《まゆ》を顰《ひそ》めるほどに荒い。脱獄はできても、島からの脱出は不可能だと言われる所以《ゆえん》だ。

　そんな鉄壁を誇るグルア監獄には、不名誉な通称がある。

〝軍人の墓場〟

　上官の不興、もしくは妬《ねた》みを買ってしまった者や、不始末をしでかした者たちが見せしめとして送られる場所でもあるのだ。

　一度、グルア監獄に配属されたらまず出世は見込めない。配置換えの希望もよほどのことがないかぎり受理されず、島を出るには退役以外に方法は残されていないのだ。

　軍人であれば誰《だれ》もが忌避《きひ》するグルア監獄――それが軍部の頭痛の種となったのは、今年に入ってのことだった。

　グルア監獄に対する、巨額の予算割り当て。上層部によって、軍内部にすら隠されていたその情報が流出してしまったのだ。それに食って掛かったのが、議員たちである。

　議会は、軍費や兵士の数を削減し、国内の産業に力を入れようと主張する改革派と、他国に睨みを効《き》かせるためにも軍の力を削《そ》ぐわけにはいかないと主張する保守派に分かれている。改革派の議員たちは、ここぞとばかりに軍部を責め立てた。

　現在、軍は殴《なぐ》り込みを掛けんばかりに勢いづく議員たちの対応に苦慮中で、グルア監獄に調査官を派遣するなど、苦しい時間稼《かせ》ぎを行っている。

　そして、グルア監獄に隠された謎《なぞ》に注目したのは、議員たちだけではない。サライ国軍第六連隊隊長、ディエゴ・クライシュナ。クロラの上官である彼は、機密書類が流出する以前からグルア監獄にはなにかあると感じていた。

　しかし、上層部が隠している機密事項だ。下手《へた》に動いて眼をつけられようものなら、いくらディエゴでも太刀打ちはできない。静観していたところに、今回の騒動が持ちあがったのだ。

　これをきっかけに、グルア監獄への予算配分が見直されるならば問題はない。だが、ずるずると続くようであれば、いずれディエゴが権力を握《にぎ》った際の足枷《あしかせ》となる恐れもある。

グルアにはなにがあるのか。隠匿《いんとく》されている秘密を探るべく送り込まれたのが、第六連隊第十部隊所属、ファン・アティリオ少尉《しょうい》――クロラだ。登録名が偽名で現在名乗っているのが本名という、いささかややこしいことになっているが、なにぶん時間がなかったのだからしかたない。

第十部隊は密偵を専門としている。そこに長く所属しているクロラも、密偵として業績をあげることで少尉までのしあがってきた。任務に合わせ、いくつかの偽名を持っているが、今回はそれらの使用をすべて禁じられてしまった。

しかし、新しいものを用意すると体に馴染《なじ》むまで時間が掛かり過ぎる。

名前を呼ばれ無意識に反応するようでなければ、任務では使えない。相手にささいな違和感を持たれるだけで命取りとなる場合もあるのだ。疑わしきは排除する――猜疑心《さいぎしん》の強い人物なら、それくらい徹底して当然だ。

最後の手段として残ったのが本名、〝クロラ・リル〟だった。

不当な予算配分に関わっているとされる、グルア監獄所長セルバルア・ゼータはそこまで徹底しなければ騙《だま》せない相手だった。

目立たないことが密偵の基本だが、今回ばかりは己《おのれ》の能力を隠すな、と命令されている。出し惜しみは逆に相手の不審を買う、と。

そしてクロラは、十代半ばで成長の止まってしまった幼《おさな》い外見を生かし、配属そうそう軍人の墓場行きとなった不運な一等兵として、グルア監獄にやってきたのだった。

「っと、そろそろ行かないと朝飯を食いっぱぐれるな」

夜勤あがりの者たちのために、朝食は長めに時間が取られている。休日ではあるが兵卒用の軍服に袖《そで》を通したクロラは、男子寮の自室を出る。休み以外の者たちはすでに出払っていると思いきや、ブラトと同じ寝坊組が猛然と廊下を走り抜けて行った。規則正しい生活を基本とする軍隊では本来あり得ない光景だ。

「……慣れって怖い」

着任当初は、ここは本当に軍の管轄なのかと眼を疑う光景に何度も遭遇《そうぐう》し、その度に唖然《あぜん》としていたものだが、一ヶ月経《た》った今では軽く流せるようになってしまった。

ただ、慣れるのはいいが、この雰囲気《ふんいき》だけには染まりたくないものだ。潜入の期限は半年とされている。それが過ぎれば、理由をつけて本土に呼び戻されることになっていた。

次の潜入先が万が一、また軍内部だったとしたら。矯正《きょうせい》するのが大変そうだ。

「しかし、きれいになったもんだな」

クロラは掃除の行き届いた廊下を眺め、ぽつりと呟《つぶや》いた。はじめて男子寮に足を踏《ふ》み入《い》れた際、間違ってゴミの廃棄場《はいきじょう》に来てしまったのかと絶句したものだ。

廊下の至るところにゴミが散乱し、思わず鼻を押さえたく——むしろもぎ取りたく——なるほどの腐敗臭を放っていた。物臭《ものぐさ》な一部の入寮者が、室内のゴミを廊下に放置したことがきっかけだったらしい。清掃を買って出るだけの親切心を持つ者もなく、常識的な者は寮を出て街に部屋を借りた。

少なくとも数年間、ゴミ捨て場状態で放置されていた男子寮が元の姿を取り戻したのは、数日前だ。新入りの歓迎会と模擬訓練を兼ねた実地演習でのこと。

グルア監獄側と襲撃者《しゅうげきしゃ》側に分かれて行われたそれで、襲撃者側だったクロラが勝利を収めた。その報酬《ほうしゅう》として、〝一つだけ願いを叶えてもらえる〟という権利がクロラに与えられた。

願ったのは、男子寮の清掃。

グルア監獄所長、セルバルア・ゼータは男子寮の惨状《さんじょう》を噂《うわさ》では聞いていたが、実際に眼にするのははじめてだったらしい。その顔は端《はた》から見てわかるほど、嫌悪に歪《ゆが》められていた。

以来、所長命令で定期的な清掃が義務づけられる運びとなった。怠惰《たいだ》な者たちからは絶望の悲鳴が、そして、悪臭に悩まされ続けていた者たちからは歓迎の歓声があがったのだった。

男子寮を出ると、目の前には広大な海が広がっていた。寮のすぐ傍が崖となっているため、海がより間近に感じられる。

そういえば、ずいぶんと懐かしい夢を見た。

あれは子供の頃――まだ母親と一緒に暮らしていた時の記憶だ。似ていたのは緑の瞳《ひとみ》だけ。髪や肌の色は、名前も顔も知らない父親の血を色濃く受け継いでしまった。

顔の造形は親子なのだから、似ている箇所はあったのかもしれない。だが、研究一筋だった母親は、気付けばいつも実験机に向かっていた。顔を合わせるのは食事の時だけで、それも自分の分を平らげると、あとは気にもとめずさっさと研究室に戻ってしまうような人だった。

祖父に引き取られてからは顔を合わせることもなかったので、記憶に残る母親の顔は曖昧《あいまい》だ。

「〝いつか還る　懐かしき空〟」

母がいつも口ずさんでいた歌。よほど思い入れのある曲なのだろう。あまりにもよく歌っていたものだから、気付けばクロラもそれを口にするようになっていた。

「〝届けておくれ　旅鳥たちよ〟」

久し振りに見た夢のせいなのか、クロラは人のざわめきが聞こえてくるまで、懐かしい旋律《せんりつ》を歌い続けた。

私服に着替えたクロラは、無人の通用門を潜り抜けた。刑務所にもかかわらず警備兵がいないなんてあり得ない――と、驚くだけ無駄だ。

グルア監獄島は瓢箪《ひょうたん》の形をしている。真ん中のくびれを挟んで片方には監獄が、もう片方には街がある。

島唯一の船着き場は、通用門から出て左側のくびれた部分にあった。坂道を少し歩くと、眼下に街が広がる。視界にすっぽりと収まってしまう程度の小さな街だ。

海沿い独特の真っ白な住宅が、島の起伏に沿って並んでいる。そのせいか街の路地はやたら入り組んでおり、階段や坂も多い。とはいっても狭い街なので、迷う心配は少なかった。

街の設備は本土の都市よりやや劣るくらいだ。軍の刑務所があるということで、街にも予算の一部が回されているのだろう。休みの度に色々と回ってみたが、過剰《かじょう》に金が掛けられているような場所はなかった。

それは監獄の敷地内にも言えることで、今のところクロラの気を引くようなものはなにもない。とすれば、次に捜索すべき場所は建物の内部か。本棟あたりが怪《あや》しいな、とクロラは次の捜索場所の目星をつけていた。機会があればいつでも忍び込めるよう、準備は怠《おこた》っていない。

島から本土への交通手段は、月に一度やってくる定期船以外にない。専用の護送船ではなく、罪人もその船で護送されてくるというのだから驚きである。島は暗礁《あんしょう》に囲まれていて、接岸できるのは一箇所のみ。それも、中型以下の船に限られている。

輸送に頼るだけでは生活できないため、島の東側にある畑では潮風に強い作物が育てられていた。これは監獄でも同じで、受刑者たちの仕事には農作業も含まれている。

漁業も行われているため、万が一、輸送が滞っても、ある程度ならば自給自足で暮らしていくことは可能のようだ。

街に入ると、通りで遊ぶ子供たちの姿が見えた。大人たちはそれぞれ仕事で出払っているようで、外を歩く住人の姿は数えるほどしかない。いつもと変わらぬ光景だ。

本日の買い物は、支給品以外の消耗品《しょうもうひん》の補充。

ブラトへの土産は……むりだな。一等兵の給料は雀の涙ほどだ。他人を気遣《きづか》っている余裕はない。

目的の雑貨屋で、石鹼《せっけん》と歯を磨くための粉等を手に入れる。これらのものは原材料を輸送に頼っているため、購入制限がされていた。面倒だからと買い溜めはできず、定期的に街で購入しなければならない。

なんでも昔、監獄のとある兵士が石鹼を買い占め、倍の値段で同僚たちに売りつけるという、悪徳商法紛《まが》いの事件があったそうだ。

愚《おろ》かなことだ。売り切れにならない程度に購入し、石鹼を買い忘れた、または石鹼を買いに行く時間のない者たちに的を絞《しぼ》り、三割増しで取引すればよかったのに。一度に手にできる金額は少ないが、問題にされにくいやり方だ。

一攫千金《いっかくせんきん》は大好きだが、現実は厳しい。少なくとも、金額が高くなるにつれ危険の度合いも比例して上がる。自分のようにのっぴきならぬ事情があるわけでもない限り、地道に稼いだ方がよほど堅実だ。

「あと買う物は……」

休みは十日に一度なので、できるだけ買い忘れは避けたい。そんなことを考えながら、さびた看板が目印の雑貨屋を出た時だった。背中に強い視線を感じた。

「！」

反射的に周囲を見回すが、眼に見える範囲に不審な姿はない。殺意は感じなかった。そうでなければ、元軍人だった祖父に鍛《きた》え上《あ》げられた体は即座に反応し、考える前に動いていただろう。

「気のせいか？」

クロラの外見は、黒い髪に黒い眼が大半を占めるサライ人の中では異質だ。

黒以外の瞳の色や褐色《かっしょく》の肌だけなら、他国との交流が盛んな港町辺りでは珍しいものではないが、雪のように真っ白な髪はその他国でも珍しい。そのせいで注目された可能性もあった。

しかし、それはすぐに否定されることになる。

行く先々で、クロラは誰かに見られている——見張られているような視線を感じた。

気付いていない振りをして辺りを捜すが、相手はなかなかの手練《てだ》れのようで視界に捉《とら》えることすらできない。

「まさか、ばれたのか？」

不穏な考えが脳裏を過るが、グルア監獄に配属になってから、クロラは密偵として怪しまれるような行動はしていない。気付かれたと考えるのは早計だ。

可能性があるとするなら、密偵ではないかと疑いを掛けられているくらいか。それにしては尾行をつけるタイミングが遅いような気がするが……。

わざと人気《ひとけ》のない場所に誘い込んで正体を突き止める、といった方法がないわけではない。だが、相手がわかったところで、今のクロラにとって利点はなにもなかった。

あくまでも、〝疑われている〟という前提で慎重に動けばいいだけの話である。

「となれば、今日はさっさと帰るか。買い物も終わったしな」

もう少し街を見て回りたいところであるが、このままつきまとわれるくらいなら、用事を済ませさっさと寮に戻った方が賢明だろう。

そうと決まれば行動は早かった。買い忘れがないことを確認したクロラは、監獄に向かって歩き出す。昼食は街で取る予定だったが、それも変更《へんこう》だ。心持ち足早に街を出ると、不思議なことに奇妙な視線がクロラを追ってくることはなかった。

監獄へと続く路《みち》は一本道である。見晴らしがよく姿を隠せる場所もないため、尾行を諦《あきら》めたのだろう。しかし、尾行者が監獄の人間ならば、何食わぬ顔で一緒に戻ってきそうなものだが。もっとも、単に尾行対象者に正体を知られたくなかっただけかもしれないが。

「一応、普段も気にしとくか」

密偵として疑われているならば、勤務中も監視がつく場合も考えられる。

今まで以上に気を引《ひ》き締《し》めなければ。なんたって、今回の成功報酬はいつもの倍なのだから。危険度があがれば、それだけ成功報酬も美味しいものとなる。〝堅実〟という言葉は大事だが、それだけではやっていけない事情がクロラにはあるのだ。

第一章

クロラの担当は、第三監房棟の一階だ。囚人《しゅうじん》は全部で三十六人。朝昼晩の配膳《はいぜん》と、刑務作業場への引率、監視。それに加えて週三回、受刑者に一時間以上の運動と二十分以内の入浴をさせるというのが、主な仕事内容だ。

いつも通り刑務作業場である畑に受刑者たちを移動させたクロラは、周囲を見回し異常がないか確認した。

畑は第三監房棟のちょうど裏手に位置する。鬱蒼《うっそう》とした雑木林が近くにあるが、日当たりは悪くはない。心地のよい風が枝を揺らしながら走り抜け、海鳥たちの鳴き声が空に響いていた。

畑に視線を向ければ、囚人服姿の男たちが鍬《くわ》を振り上げながら畑を耕している。農機具は刃の部分が潰《つぶ》されていることもあり、いまいち使い勝手がよくないらしい。

ぎこちない手付きで鍬を振るっているのがここに来て一年未満の受刑者で、刃が潰れた鍬でも玄人並みに畑を耕しているのが収監されて一年以上の受刑者だ。

「あの、あのね、リル君。これ、壊れちゃったんだけど……」

恐る恐るといった体《てい》でやってきたのは、男女ともに体格のよさで知られるサライ人にしては小柄な、二十歳ほどの女性だった。

柔らかそうな黒い髪は肩にかかる辺りで揃《そろ》えられ、ほんのりと赤く染まった頬には薄くではあるが化粧も施されている。軍服を着ていても軍人には見えない――クロラもあまり人のことは言えないが――人物である。

　カルディナ・バシュレ一等兵。クロラと同じ第三監房棟の一階を担当する同僚だ。

　バシュレが差し出したのは、一丁の鎌《かま》だった。受刑者たちが畑周辺で除草作業する際に与えられるものである。例に漏れず刃の部分が潰されていて、むしろ手で草を毟《むし》った方が早いのでは、と思わずにはいられない一品だ。

　その刃の部分が、無惨にも折れ曲がっていた。

「鎌を持ったままちょっと考え事していたら、いつの間にかこんなことに……」

　なぜ、ちょっと考え込むだけで鎌が曲がるのか、とか、鎌を持ったまま考え込むな、とか、言いたいことは色々とあるが、クロラはそれら小言をむりやり飲み込んで笑みを浮かべた。できるだけバシュレの矜持《きょうじ》を刺激しないよう、言葉を選ぶ。

「古いものだったのかもしれませんね」

「これ、新品なんだよ」

　もはや救いようがない。バシュレは大の男を片手で持ち上げてしまえるほどの、怪力の持ち主だ。サライ人には、稀《まれ》に異常なほど力の強い人間が生まれる。クロラの祖父もその一人だ。

　そのほとんどは軍に入隊し、戦場では〝英雄〟として名を残したり、そうでない者でも違う分野で業績を残したりする者が大半だ。

　しかし、バシュレは壊滅的に不器用だった。普通の人間がどじを踏むだけならば問題はないのだが、そこに持ち前の怪力が加わると大惨事に繋《つな》がる。本土でもそれで失敗し、〝軍人の墓場〟行きとなってしまったそうだ。

　もっとも、その左遷《させん》場所ですら失敗を繰り返し、所属先を転々とさせられてきた。第三監房棟に配属になってからは、徐々にどじを踏む回数も少なくなったが、以前に比べれば、という程度だ。一日に一度で済めば、まだましな方である。

「叩《たた》いたら直るかな？」

「どうでしょう?」

曲がっているだけとはいえ、鎌の先が柄にくっつきそうな状態のものを、果たして金槌《かなづち》で叩くだけで元に戻せるかどうか。

「あ、逆に曲げたらどうかな?」

「いや、それでは……」

名案だ、とばかりにバシュレは鎌の両端を摑《つか》んだ。そして、クロラの制止も聞かずに力を込める。新品の鎌は当然のように——真っ二つに折れた。

「え、どうして!」

唖然とするバシュレに、気怠《けだる》げな声が掛かった。

「曲げられた部分は耐久力が落ちてんだよ。それをむりやり直そうと力を加えれば、そりゃ折れるわな」

呆れ顔で近付いてきたのは、受刑者の一人、マリオ・カルレラだった。年齢は三十代後半で、サライ人らしく大柄である。短く刈り上げられた髪や、囚人服の上からでもわかる逞《たくま》しい肉体は、それだけでただ者ではない威圧感《いあつかん》を放っていた。第三監房棟一階の中心的な人物である。

「仕事中に考え事は遠慮してくれるか、お嬢ちゃんよ」

「うっ……ごめんなさい」

バシュレはがっくりと肩を落とした。これではどちらが看守かわからない。クロラはわざとらしく咳払いして、カルレラを咎《とが》めるように睨みつけた。

「カルレラ受刑者は、速やかに作業に戻ってください」

「そうしたいのはやまやまなんだが、この鎌は俺が使ってたやつなんだよ。小石を拾うには邪魔だから脇に置いといたら、眼を離した隙《すき》になくなってたんだ」

「あの、それは誰かの忘れ物かと思って」

刃を潰してあるとはいえ、殺傷力がまったくないというわけではない。拾うこと自体、間違いではないのだが、せめて周りの受刑者たちに「これ、誰のですか？」と声を掛けるくらいはしてほしい。バシュレが鎌を持ったまま考え事をするなど、危なっかしいにもほどがある。

「あとで新しいものを用意しますので、それまではできる範囲で作業してください。バシュレ一等兵は」

「始末書だよね……」

哀愁《あいしゅう》を帯《お》びた眼差《まなざ》しで、バシュレは真っ二つに折れた鎌を見つめた。監獄で働く者が備品を壊した場合、大抵は給料からの天引きだ。

鎌一本の代金は微々たるものではあるが、塵《ちり》も積もれば山となる。バシュレは今週に入り、まだ二日しか経っていないにもかかわらず、すでに三枚、始末書を提出していた。

「今週は五枚以内を目指してたのに……」

「まだ一枚の猶予《ゆうよ》はあるって、な？」

バシュレの失敗は、落ち込めば落ち込むほど威力を増す。宥《なだ》めるカルレラの顔は心なしか引《ひ》き攣《つ》っていた。周りで聞き耳を立てていた受刑者たちも、真剣な表情で頷《うなず》いている。

「……そうですよね。私、頑張ります！」

やるぞ、とバシュレは気合いを入れるように片方の拳《こぶし》を突き上げた。しかし、その反動で、握っていた鎌の残骸《ざんがい》が勢いよくすっぽ抜ける。それはきれいな放物線を描いて、畑の中央に立つ案山子《かかし》の脳天に突き刺さった。

衝撃で案山子の体が揺れ、辺りがしんと静まり返る。

「み、みみみみなさん！　怪我《けが》っ、怪我はないですか！」

顔を真っ青にしたバシュレが、慌てふためきながら声を張り上げる。幸いにも怪我人はいなかったが、精神的に追い詰められた者はいたようだ。案山子のすぐ傍で作業していた数名が、尻餅《しりもち》をついて体を震わせている。

怪我人がいないことに安堵《あんど》したバシュレは、続いて別の問題に気付いたようで、クロラを振り返った。

「か、案山子、案山子は？」

ちゃんと直せるよね、始末書じゃないよね、とバシュレは必死に言《い》い募《つの》る。クロラは素早くバシュレのもう片方の手から鎌の残骸を奪い取りながら、「大丈夫。鳥に突かれたようなものですよ」と笑みを浮かべた。

落ち込み過ぎるのも問題だが、無駄に奮起するのも問題だ。案山子ではなく受刑者に当たっていたら――考えたくもない。

「さあ、惚けていないで作業を再開してください。あ、カルレラ受刑者はお手空きのようですから、案山子の補修をお願いします」

「はぁ、わかったよ」

カルレラはなにか言いたげにバシュレを一瞥《いちべつ》したが、励《はげ》ましにしろ、忠告にしろ、今はどんな言葉もバシュレを追い詰めてしまうだけだと判断したのだろう。


他の者たちも、案山子の傍にいた者たち以外は何事もなかったかのように作業を再開する。彼らも、不意の出来事にずいぶんと動じなくなったものだ。バシュレが配属されたての頃は、彼女がなにかしでかす度に悲鳴をあげて逃げ惑っていたのに。

「感覚が麻痺《まひ》してる自分に気付いて、たまにちょっと悲しくなる」とか、「どこまで驚かずにいられるか挑戦中」とか、「子供の成長を見ているような気持ちになる」とか、受け止め方はそれぞれあるが、今のところ第三監房棟一階の受刑者たちはバシュレに対し好意的だ。

いざこざを起こされても面倒なので、願わくばこの状態が続いてもらいたいものである。もっとも、ここまで看守と受刑者との距離が近いというのも問題ではあるが。


受刑者たちの昼食後、クロラは配膳室で、使い終

わった食器を配膳箱に片付けていた。それを搬入口の前に置いておけば、あとで食堂で働く者たちが回収してくれる。

配膳室は人が五人も入れば、身動きが取れなくなってしまうくらいの広さしかない。置かれているのは長机だけで、クロラたちはそこで食堂から運ばれてくる料理の盛りつけを行っていた。

「それで、バシュレ一等兵はなにをそんなに考え込んでいたんですか?」

バシュレは一応、立ち直ったようではあるが、いつもより元気がない。クロラはふとバシュレが「——ちょっと考え事をしていたら」と言っていたことを思い出した。午前中のあれが響いているだけでなく、もしかしたらそれも原因の一つなのかもしれない。

「え、それは、その……」

バシュレはクロラと同じように、配膳の際に使ったトレイを別の箱にしまっていた。手を止めたバシュレは、トレイを持ったまま葛藤《かっとう》するような表情を浮かべている。

とりあえず、手に持っている物を横に置け。どんなものでも、バシュレの手に掛かれば凶器と化す。表面上は笑顔でも、内心では心臓がうるさいほど脈打っていた。

「僕でよかったら聞きますよ?」

一銭の得にもならないことはしない主義だが、今のクロラは真面目《まじめ》で心優しい人間だ。同僚が悩んでいたら、声を掛けるくらいのことはするだろう。

迷った末に、バシュレは口を開いた。

「あの、ね。この間の休みに、街に買い物に行ったの。そこで私、気になる光景を目撃しちゃって……」

「どういうものですか?」

「監獄の人が、警邏隊《けいらたい》の隊長さんに封筒のようなものを渡していたの。こそこそしてて、なんかちょっと後ろめたいような感じだった」

警邏隊はグルア監獄島の街を警備する者たちだ。総勢二十四名。彼らも監獄で働く者たちと同じ軍人である。

しかし、指揮系統は異なっており、縄張り意識が強いのか、顔を合わせる度にいがみ合っているらしい。クロラは街に行く際は私服なので、今のところ絡《から》まれたことはなかった。周囲の者たちからは、命が惜しければ絶対に警邏隊には近付くなと言われている。

「うちと警邏隊は仲が悪いから、おかしいなって思ったの」

「その人は誰だったんですか？」

「それは……」

バシュレは急に言《い》い淀《よど》んだ。もしかしたら知り合いなのかもしれない。ならば余計に憶測でものを言うのは躊躇われる。

「私用だったのかもしれませんよ」

「でも、用事があるとは」

「その人が男性なら、恋文ってことも考えられませんか？」

警邏隊の隊長は女性だ。ここまで規律の緩《ゆる》んでいる軍人なら、それくらいやるかもしれない。揶揄《やゆ》を潜ませたクロラの思いつきに、バシュレは驚いたように眼を瞠《みは》った。

「女性だったら、誰々さんに渡してくださいって頼んでいたかもしれませんし」

さすがにこれはないか、とクロラは冷静に分析した。手紙を渡してもらうにしても、その繫ぎを隊長に頼むのはあまりにも不遜《ふそん》だ。本人に渡す、もしくは仲の良さそうな同僚を調べて、こっそり渡してもらえるように頼むだろう。

「男の人だから、きっと恋文だよ。リル君、すごい！　私なんて変なことしか考えられなかったのに」

「ちなみに、バシュレ一等兵はどんなことを考えていたんですか？」

「えっ、それは……所長の弱味になるような情報でも渡してたのかな、って。ほら、本土から調査官が来てるから。あの人たち、警邏隊のところでお世話になっているんでしょう？　だから余計に心配になっちゃって」

　なかなかに的を射た推理だ。バシュレの不安を取り除くため適当に言った恋文案よりは、よほど説得力がある。

　もっともバシュレは己の考えよりもそちらを信じたようだ。

「もしも、ということもあります。念のため所長に報告しますか？」

「え、いいよ。だって恋文だったら悪いし。それによく考えてみたら、所長に弱味なんてあるわけないってことに気付いちゃった」

「そうですね」

　話したことで気が楽になったのだろう。バシュレは笑みを浮かべてトレイを配膳箱にしまいはじめた。

　クロラも自分の作業に戻りながら、恋文ではない可能性について考える。

　監獄側に、裏で警邏隊と繋がっている者がいたとしても不思議はない。どんな場所にも裏切り者は存在するのだ。ましてや、ここの環境なら……。

　では、バシュレの知り合いはいったいどんな情報を警邏隊の隊長に渡していたのか。そこでどうしても考えてしまうのが、クロラが潜入した理由――グルア監獄に関わる謎だ。

　警邏隊の隊長はどこまで知っているのか。そもそも関与しているのかどうか。情報がまったくない段階での推測は無意味だが、ついいつもの癖であれこれと考え込んでしまいそうになる。

「お、ここにいたのか」

　配膳箱を搬入口の手前に積み重ねていると、第三監房棟責任者、サルバ・ラケール大尉が配膳室の戸口から顔を見せた。

　四十代前半の大柄な男で、短く刈り上げられた髪はサライ人には珍しい金色だ。瞳も明るい茶色である。額に斜めに走る大きな傷が特徴で、クロラが知っている中では、カルレラ以上に威圧感に溢《あふ》れた人物はこの人しかいなかった。

「リルを借りてくぞ。昼飯を食ってもこいつが帰って来なかったら、俺の名前を出して休憩室《きゅうけいしつ》にいる奴《やつ》を引っ張ってこい」

「わかりました！」

「それと、バシュレ。鬱憤《うっぷん》が溜まってても、案山子に鎌で斬《き》り掛《か》かるのはどうかと思うぞ」

どこから漏れたのかは不明だが、バシュレの失態は尾鰭《おひれ》をつけて出回っているようだ。顔を真っ赤にしたバシュレは、「そんなことしてません！」と抗議の声をあげた。

「まあ、もうちょっとお淑《しと》やかにしとけ。行くぞ、リル」

「はい」

受刑者の逃亡防止のため、監房棟の廊下には窓がない。電灯の薄暗い明かりの中を、大股《おおまた》で歩くラケールにクロラは小走りでついて行く。

各監房棟はそれぞれ独立した造りになっているが、第一から第三までは等間隔に並べられ、中央を貫通するように渡り廊下で繋がっている。唯一、女性受刑者を収監する第四監房棟だけが、ここから少し離れた場所に独立してあった。

「あの、大尉殿。どこへ向かうかお訊きしても？」

「聞かない方がいいと思うぞ」

「……所長室ですか」

クロラがもっとも遠慮したい場所。それが本館にある所長室だ。あそこに連れて行かれて何事もなく退出できたのは、配属の挨拶《あいさつ》のために訪《おとず》れた一回だけだ。

「用件は不明だ。お前を連れて来いとしか聞いてないんでね。ま、何事もなく無事に帰れることを祈っとくんだな」

「わかりました」

「俺はお前を所長室にぶち込んだら、さっさと退散する。最近、お前が絡むとろくなことがないからな」

所長命令で強制禁煙中のラケールは、苛立《いらだ》たしげに頭を掻《か》く。自業自得だろ、とクロラは心中で呟いた。誰の耳があるかわからない場所で、所長の悪口を言う方が悪いのだ。

「あー、煙草《たばこ》吸いてぇな。小遣いやるから街で――」

「申しわけありません。所長に、大尉殿からの頼みごとはすべて断れと命じられています」

諦めろ。根回し済みということだ。力なく肩を落とすラケールの背中を眺めながら、クロラはまた難題を吹っ掛けられるのだろうかとうんざりするのだった。

「失礼します。クロラ・リル一等兵を連れてまいりました」

さすがにかしこまった態度でラケールが告げる。

第一から第三監房棟と、運動場を挟んだ場所に建つのが本館だ。所長室もそうだが、事務関連の部署がここに集められている。

兵士たちの立ち入りは制限されていて、明確な理由がない限り入館はできない。もっとも警備は杜撰《ずさん》なので、受付にいる兵士の眼さえ誤魔化せば進入自体は可能だ。問題があるとすれば、グルア監獄所長の存在である。

「よく来たな、クロラ・リル」

所長用の椅子にふんぞり返っていたのは、妙齢の美女だった。着用しているのは、将校用の軍服だ。しかし、豊満な胸を見せつけているのかというほど大きく開けられた襟《えり》や、後ろで一つに束ねられた長く癖のある黒髪は、明らかに軍の規定に違反している。

彼がセルバルア・ゼータ。グルア監獄所長である。

「はっ。失礼します」

今日はそっちなのか、と内心で苦虫を噛《か》み潰しながらクロラは所長室に足を踏み入れた。

室内の中央には来客用のソファーとテーブルが、その奥には執務机が置かれていた。壁際には天井にまで届く本棚と、その脇に観葉植物の鉢が並んでいる。窓は東側に一つ。反対側には隣室——驚くことにそこがゼータの自室らしい——に続く内扉があった。

「そう身構えるな。いくら私でも、呼び出す度に襲い掛かったりはしないさ」

面白がるような口調のゼータに、クロラはぎこちなく肩から力を抜いた。どうやら体は無意識にゼータを警戒していたようだ。

「お前を呼び出したのは他でもない。警邏隊の詰め所にお使いに行ってもらおうと思ってな」

「……お使い、ですか」

「面倒なことに、警邏隊には定期的に書類を届けなければならん。ちょうどいつも担当している者が休んでいてな。せっかくだから、警邏隊がどんなところか見てくるといい」

警邏隊を調べる必要を感じていただけに、これは運がいい。任務という名目で堂々と潜入できる。

「場所はラケールに聞け。ああ、そうそう。警邏隊は脳味噌《のうみそ》まで筋肉でできている輩《やから》の集まりだからな。少しなら、遊んできてもいいぞ。脳筋どもはちょっとやそっとじゃ壊れないからな」

「所長。リルに変なことを吹き込まないでくださいよ。ただでさえ、あちらとうちはいがみ合ってるんですから」

「ふふん。まな板の小娘が、いくらきゃんきゃん吠え掛かろうが痛くも痒《かゆ》くもないわ」

「そういう大人げのないことを言うから、あんたは警邏隊のお嬢さんから眼の敵にされるんですよ」

「んん？　誰が年増だって？」

「滅相もない。心の中では思っても、口には出してませんよ」

その一言が余計なのだと、クロラはこっそり嘆息した。ゼータは二十代後半ほどの外見にもかかわらず、実年齢は四十を越えている。男女どちらの性も併《あわ》せ持《も》つ、スティル体の子供が多く生まれることで有名なミル族の出身だ。

百年ほど前、キールイナ大陸から遠く離れた島で暮らしていたミル族は、火山の噴火に伴《ともな》い住処《すみか》を失った。新天地を求め大陸に渡ってきた彼らは、その大半がサライ国に住み着いたと言われている。

見た目がサライ人と変わらなかったということもあるが、身体能力に優れたミル族にとって、軍事国家であるサライは他国よりも馴染みやすかったのだろう。また、軍事的に利用価値のある彼らをサライも歓迎した。

しかし、ミル族の者たちは唯一、他種族との婚姻《こんいん》を拒んだ。同族に拘《こだわ》った結果、絶滅の危機に瀕《ひん》している。

そのミル族であるゼータは、なぜか気分によって外見を使い分けていた。女性の時もあれば男性の時もある。雰囲気すら別人のように変えてしまうのだから不思議だ。

「もう、あれだな。お前は一生、禁煙すればいいんじゃないか？　愛妻とは別れたと思えばいい」

「今すぐにでも復縁したいです。切実に」

「枝でも銜《くわ》えているんだな」

だから俺はお前と一緒に来たくなかったんだ、という眼で見られても困る。八つ当たりでラケールに睨まれたクロラは、気付かないふりをして執務机に近付いた。

「では、書類をお預かりします」

「お使いをしくじったら罰《ばつ》だからな」

「……善処します」

いがみ合っているとはいえ、敵陣に斬り込むわけではないのだ。さすがに失敗することもないだろう。茶色の封筒を受け取ったクロラは、それを小脇に抱えた。

「失礼しました」

「あ、ちょっと待て！　俺を置いてくな！」

慌てたようにラケールも廊下に飛び出てくる。さっさと扉を閉め、ゼータと二人っきりにしてやろうと思ったのに。残念だ。

「……俺は時々、お前が怖ぇよ」

「気のせいです。ところで、この書類は警邏隊のどなたにお渡しすればよろしいのですか？」

「隊長に渡せ。いいか、直接だぞ。他の奴らに渡したら、お使いは失敗だと思え。あいつらは脳味噌まで筋肉だから、起きた出来事を五分も経たないうちにきれいさっぱり忘れちまうんだよ」

「そ、そうですか」

時刻はちょうど昼食の時間帯だ。今から向かえば、食事が終わる辺りに街に辿り着けるだろう。

「頑張れよ。なにかされそうになったら、受けて立とうなんて思わず真っ先に逃げろ。いいか、絶対に揉《も》めごとだけは起こすなよ」

「わかりました」

クロラを心配しているというよりは、なにかあった際の後始末を危惧《きぐ》しているようだ。部下の失態は、上官の監督不行届として処理されるのだ。

「掠《かす》り傷一つでも負ってみろ。所長が、部下を傷つけられた報復という大義名分を得ることになる」

「そっちの心配でしたか……」

「その後始末に駆り出されるのが俺なんだよ」

今までにも幾度《いくど》か経験があるようだ。本棟を出たあと、クロラは通用門に向かった。見送ってやるよ、とラケールもあとに続く。

「場所はわかるのか？」

「はい。噴水広場の近くでしたよね」

警邏隊の詰め所は、街を散策している間に見つけてある。彼らに関する情報も、バシュレをはじめとする同僚たちからそれとなく引き出していた。

「昼食は取っといてもらえるように言っとくから安心しろ。健闘を祈る」

「……では、行って参ります」

ラケールの不穏な言葉に送り出され、クロラは警邏隊の詰め所へと向かった。

詰め所は、街の中央にある噴水広場から一本奥に入った路地にあった。

住宅地には不釣り合いなほど頑丈《がんじょう》そうな外壁がぐるりと周囲を覆い、通用門の前には屈強な警備兵が二人、辺りを威圧するように仁王立ちしている。門は開け放たれた状態だが、かなり入り辛《づら》い雰囲気が漂っていた。監獄と警邏隊の不仲話を、嫌と言うほど聞かされた影響もあるだろう。

「……さすがに、いきなり喧嘩《けんか》を売られるなんてことはないよな」

クロラは民家の壁に体を隠しながら、様子を窺《うかが》う。今まで得た情報は、すべて監獄側から見たものばかりだ。当然、脚色がなされている。鵜《う》呑《の》みにはできないが、あまりにも悪い印象ばかりだったのでつい足が止まってしまった。

問答無用とばかりに殴り掛かってくることはないとは思うが、軽い嫌がらせくらいは受けるかもしれない。とりあえず、隊長に封筒を渡したらすぐに退散しよう。

戻ったら昼食を取らなければならないし、なによりバシュレがなにかやらかしてないか心配だ。あまりにも始末書の枚数が多いと、連帯責任という名のとばっちりを受ける羽目になる。

今回の任務が成功すれば、新兵の給料とは比べものにならないくらいまとまった金額を受け取ることはできるが、もらえるものはもらっておく主義だ。他人の不始末に巻き込まれて減らされるのはごめんだ。

「よし、行くか」

意を決して、クロラは通りに出た。その途端、全身に敵意まみれの視線が注がれる。素通りはさすがに叶わない。

「グルア監獄所属、クロラ・リル一等兵です。グルア監獄所長より、警邏隊隊長への書類を預かってまいりました。直接、隊長へお渡しするようにと言付かっておりますので、中に入ってもよろしいでしょうか?」

「入れ」

意外とあっさり通してくれるようだ。拍子抜《ひょうしぬ》けした気持ちを抱えながら、クロラは通用門を潜り抜けた。

敷地に入ると、目の前に一階建ての建物があった。壁は他の住宅と同じ真っ白で、玄関部分の扉だけが濃い茶色である。

扉を開けると、ひんやりとした空気が頬を撫《な》でる。左にある受付を見れば、また見るからに大柄で屈強そうな隊員が座っていた。合わさった視線に、一瞬にして殺意が籠《こ》もる。

クロラは警備兵に告げたことを、そのまま繰り返した。封筒を預けてさっさと帰りたいが、お使いを失敗するのも、ゼータに暴れる口実を提供するのも御免被《ごめんこうむ》りたい。

「……突き当たりを右に曲がれば隊長室だ」

受付の兵士の顔が一文字告げるごとに険しさを増していく。いきなり殴り掛かって来てもおかしくない殺伐《さつばつ》とした雰囲気だ。

「ありがとうございます」

「監獄の奴に、礼なんか言われたくねぇ」

ご丁寧《ていねい》に舌打ちつきである。受付の兵士はクロラに同行しないようだ。

同じ軍人とはいえ、警邏隊にしてみれば部外者であるクロラを一人歩きさせていいのだろうか。それとも、見るからに入隊したての一等兵ということで軽んじられたか。これがゼータだったら絶対に一人では通さないはず——いや、あれを比較対象にするのは間違いだ。

クロラはあからさまに売られた喧嘩を聞き流し、奥へと向かった。玄関から真っ直ぐに伸びた廊下の左右には、三室ずつ部屋があった。扉は閉められているため、中を窺うことはできない。ただうっすらと、どこかで嗅《か》いだことのある刺激臭が漂っている。男所帯はどこも汗臭さから逃れられないようだ。

突き当たって左側を見れば通路の先に両開きの扉があった。少しだけ開いた隙間からは、外の光が入り込んでいる。中庭、もしくは訓練場あたりに繋がっているのだろう。その証拠に掛け声のようなものが漏れ聞こえる。

隊長室は右側だ。封筒を抱え直し、クロラはゆっくりと歩を進めた。なんの変哲もない扉。片手で軽く叩く。こん、こん、とやや大きな音が廊下に響いた。しかし、肝心の返答がない。

「留守、か?」

念のためにもう一度、強めに扉を叩き内部の気配を探る。室内で気配を殺す意味もないため、留守とみて間違いはなさそうだ。このまま受付に引き返してもいいが、少しばかり密偵の血がうずく。

警邏隊の隊長室は、ある意味、所長室よりも侵入が難しい。これを逃せば、二度とこのような機会は巡ってこないだろう。

潜入してすでに一ヶ月。そろそろなんらかの糸口を摑んでおきたい。クロラは覚悟を決め、なるべく音を立てないように扉を開けた。

中には誰もいなかった。室内は所長室の半分ほどの広さで、中央に執務机と椅子が置かれている。奥にはぎっしりと資料が詰まった棚。壁には一振りのサーベルが飾られていた。装飾用の模造刀ではなく、実戦でも使える本物のようだ。

窓は左手側にあったが、侵入者を警戒してかあまり大きなものではなかった。外から見えないぎりぎりのところに近付けば、数名の兵士たちが屋外の訓練場で走り込んでいる姿が見えた。

執務机の脇にはスタンドがあり、椅子に座った視線の位置に鳥籠《とりかご》が吊ってあった。真っ白な一羽の小鳥が、止まり木のところでくつろいでいる。そのすぐ隣の蓋《ふた》のない箱を見れば、書類の束が入れられてあった。

　数枚ほど手に取ってみる。筆跡がどれもばらばらなところを見ると報告書のようだ。どこでなにが起こったか、どのように対処したか、関わった人物の名前と被害状況も明確に書かれている。

　斜め読みすると、事件と呼ぶには些細《ささい》な揉めごとがほとんどだった。それに、どこの石垣が崩れていただの、街灯の電球が切れていただのと、警邏隊の仕事なのか、と首を捻《ひね》るものまである。

「書類はこれだけか……」

　そこでクロラは、執務机の隅《すみ》に置かれた茶色い封筒に気付いた。

　封はされていない。開けてみると、中にあったのは白黒の写真だった。しかし、そこに写っていたものに、クロラは思わず体を強張《こわば》らせた。

「なんで、俺が」

　明らかに盗撮と思われるものが数枚。クロラが畑で受刑者たちに指示を出しているものや、バシュレと会話しているものまである。至近距離から撮られたものはないが、そのすべてには必ずクロラが写っていた。標的は明らかだ。

　――だが、なぜこんな写真が警邏隊の隊長室にある？

　所長室ならば、まだ話もわかる。グルア監獄が槍《やり》玉《だま》にあがっている時期に配属されたのだ、疑われない方がおかしい。クロラも疑いを掛けられている前提で動いていた。

「待て。考えるのはあとだ」

　自分に言い聞かせるように呟き、クロラは封筒を元の場所に戻した。さすがに長居し過ぎた。書類も同じように整え、物音を立てないように廊下へ出る。警邏隊の隊長が戻ってくる気配はなかった。

　クロラは提出する封筒を抱え直し、溜息をついた。あまりにも突然のことに混乱せずにはいられない。警邏隊も、微妙な時期に配属された新兵を疑っていたということか。

しかし、疑う必要があるのか。監獄側といがみ合っている警邏隊にしてみれば、自分たちに火の粉が降り懸からない限りどうでもいいはずだ。

それとも、表向きは対立している風を装いつつ裏では手を握っているということがあり得るだろうか。それならば、クロラの情報を必要とする理由にもなる。

「――そこでなにをしている」

ぼんやりと考えていると、鋭い声が響いた。男性にしては高く、女性にしては低い声だ。

気配に気付けなかったのは、考えに耽《ふけ》っていたからか、それとも相手がかなりの実力者だったからか。どっちもだな、とクロラは結論づけ、驚いた風を装いつつ振り返った。

クロラよりも背の高い、二十三、四の女性が立っていた。切れ長の瞳が特徴的な、ゼータとはまた違った類いの美女である。着用しているのは将官用の軍服だ。そこに裾《すそ》の黒い外套《がいとう》を羽織り、隙間から腰に下げたサーベルが覗《のぞ》いていた。

彼女こそが警邏隊隊長、ララファ・クライシュナ――奇《く》しくも、クロラに潜入調査を命じた、ディエゴ・クライシュナの妹である。

ディエゴがなにもいっていなかったことを思えば、ララファは味方ではないと考えるべきだ。だからといって、監獄の謎に関わっているのかどうかまでは判断できない。

「グルア監獄所属、クロラ・リル一等兵です。本日はグルア監獄所長より、警邏隊隊長への書類を預かってまいりました」

「一人で待っていたのか?」

「はい」

ララファは苦虫を噛み潰したような表情を浮かべた。やはり同じ軍の人間とはいえ、外部の者を監視もつけずに入れるというのは問題なのだろう。事実、クロラは隊長室に入り込み、書類や封筒の中身を見てしまった。

これは、あっさりとクロラを通してしまった受付の失態だ。もっとも、彼はララファが隊長室にいると思い込んでいたようだが。

「……またか。あの筋肉どもが」

呟かれた言葉には、憎しみが込められているようだった。

ラケールやゼータが〝脳味噌まで筋肉〟と評したのは、あながち間違いではないらしい。

「所長からは隊長へ直接お渡しするように言付かっております」

こちらは封がされているため、中身を覗き見ることはできない。代わりとはいえ新入りに持たせられるような書類なので、重要性は低いだろうが。

「受け取っておこう」

所長、の部分でララファの顔が不快げに歪んだが、受け取りを拒否するほど狭い心の持ち主ではなかったようだ。

「では、失礼します！」

敬礼して、踵《きびす》を返した時だった。首筋に硬くひんやりとした感覚があった。確認しなくてもわかる。背後から細身のサーベルを首筋に突きつけられているのだ。

「待て」

クロラはごくりと生唾《なまつば》を呑み込んだ。引き留められる――首筋にサーベルを突きつけられる理由がわからない。

いや、ララファの執務机に置かれていた写真を思えば、クロラになんらかの疑いを持っていることは明白だった。

「なぜ、ここで待っていた。受付に戻って私の居場所を訊こうとは思わなかったのか？」

クロラは必死に頭を回転させた。すぐ戻ってくると思ったから、という理由では満足してもらえないだろう。

グルア監獄の兵士からすれば、さっさと書類を置いて退散したいと考えるのが当然だ。普通ならばラファの言う通りに行動する。

「……受付の方が、その、怖くて」

　グルア監獄の兵士と警邏隊の隊員たちが対立し合っているのは周知の事実。受付に座っていた屈強な隊員を、入隊一年目の新入りが恐れるのは不思議でもなんでもない。

「悩んでいるうちに、時間が経ってしまって」

　軟弱な、と罵《ののし》られるくらいは覚悟の上だ。肩も軽く震わせてみる。サーベルを突きつけられて平然とできるのは、ゼータくらいのものだ。少なくとも新兵であれば許される。クロラは精一杯、怯《おび》えている風を装った。ラケール辺りが見たら、胡散臭《うさんくさ》そうに眉根を寄せるだろうが。

「そうか」

　カチャリ、とサーベルが鞘《さや》にしまわれる音が響いた。どうやら疑いは晴れたようだ。振り返って、ほんの少しだけ距離を取る。

　さすが若くして少佐にまで上り詰めた人物である。サーベルを抜いてから首筋に当てられるまで、まったく気付けなかった。

「もう行っていいぞ」

「はっ！」

　敬礼して、クロラは今度こそ踵を返した。これであとは通用門を出ればお使いは終了だ。足早に玄関へ向かう。受付にいた隊員が、妙ににやにやとした表情でこちらを見ていた。その理由は玄関を出たところで明らかとなる。

　通用門の手前、クロラの行く手を遮《さえぎ》るような形で、軍服に外套を羽織った三人の隊員がたむろしていた。年齢は二十代はじめから半ばくらいか。

　これといって特徴のある顔立ちではないが、三人ともかなり鍛え上げられた体つきである。彼らはクロラに気付くなり、受付の隊員と同じ嫌な笑みを浮かべてみせた。

　ちなみに、監獄も警邏隊も支給される軍服は同じだ。しかし、それすら不本意のようで警邏隊は外回りの際、必ず黒い外套を着用しているらしい。逆に監獄の兵士は、滅多なことでは外套を着用しないとか。つまり、ここまで徹底して嫌いあっている者が、警邏隊の詰め所にのこのこやってきたクロラを見逃すわけがないのだ。

「おいおい。軍はいつからガキを採用するようになったんだ」

お前らとたいして変わんねぇよ、とクロラは内心で呟いた。警邏隊は比較的若い隊員で構成されている。だから余計に血の気が多いのだろう。

「こんなんじゃ、受刑者に舐《な》められて大変だよなぁ」

むしろ怯えられているのだが。さて、どうしたものかと様子を窺っていれば、クロラはいきなり伸びてきた手に髪の毛を摑まれた。

「だいいち、この頭が気にくわねぇ」

「痛っ！」

持ち上げるように摑むものだから、頭皮が引っ張られ涙目になるくらい痛い。禿《は》げになったらどうしてくれるんだ。

クロラは相手の手を引《ひ》き剝《は》がそうとする振りをしながら、ここをどう切り抜けるべきか思案した。以前ブラトから教えられた、〝大声で助けを呼ぶ。悲鳴をあげる。泣き喚《わめ》く〟という方法は却下だ。詰め所の敷地内で叫んだところで、集まってくるのは警邏隊の隊員たちだけである。

怪我をするのは避けたいところだ。ゼータに暴れる口実を提供することになってしまう。警邏隊がどうなろうとクロラの知ったことではないが、逆恨みで街を歩けなくなってしまうのは困る。

――隙をついて逃げるか。

相手は大柄なだけに、素早い動きは不得意なはず。まずは髪を摑んでいる腕を捻って、とクロラが相手に手を伸ばそうとした時だった。

「軽い」

「……は？」

相手を見上げれば、なぜか愕然《がくぜん》とした表情を浮かべている。髪の毛を放したと思うと、今度は脇の下に手を入れていきなり持ち上げられてしまった。

「なんだこの異常な軽さは！」

それは確かに、目の前の男と比べれば体重も軽いに決まっている。しかし、ここまで驚く必要があるのか。クロラを持ち上げた隊員は、なおも「軽い、軽いぞ。軽すぎるぞ！」と叫び続けている。

「お前まさか、監獄でいじめられて飯を食わせてもらってないんじゃ……」

反論せずにいると、話はどんどん飛躍していく。誰かこの男を止めてくれ、とクロラは救いを求めるように残りの二人へと顔を向ける。するとなぜか、その二人にも確認するように体を持ち上げられてしまった。

「軽っ！　こんなのをいじめるなんて、ひでぇ奴らだ」

「ちっさ！　こんなちっこいのをうちに寄越す時点で、いじめ確定だな」

片方は憤慨するように、もう片方は険しい顔つきで頷いていた。体重が軽いからろくなものを食わせてもらってないというのは、いささか極端すぎやしないか。

クロラの体は一巡したところで、ようやく地面に降ろされる。

「おまけに、こんなにひょろっちい……。殴られただけで吹っ飛びそうじゃねぇか。お前、本当に軍人か？」

その丸太のような腕で殴られたら、クロラでなくても吹き飛ぶはずだ。それに軍人でなかったら、ここに配属にはならなかっただろう。

しかし、これはどうしたことか。クロラは警邏隊と睨み合ってきたグルア監獄側の人間だ。だからこそ、彼らも待ち伏せして痛い目を見せてやろうと考えていたはず。

それが、なぜ体重が軽いから、という理由でこうも態度が一変するのか。

「監獄の奴が来てると聞いて、からかってやろうと思ったが、俺たちは弱い者いじめはせん。相手が子供ならなおさらだ」

「……いえ、でも、僕は軍人ですし」

「軍人と認めてほしいなら、もっと体を鍛えろ。心配するな。ちゃんと飯を食って訓練すれば、すぐに俺たちみたいになる！」

成長はだいぶ前から止まっている――地味な精神的攻撃を受け、クロラは目の前の男を蹴り倒したい衝動に駆られた。だが表むきはしょんぼりしているように肩をおとしてみせる。

一方、クロラに力説を始めた男の背後では、他の二人、それになぜか通用門の警備をしていた隊員たちも混じり、己の筋肉自慢を始めている。いったいなにをしているんだ。

〝軍人の墓場〟という不名誉な呼称を与えられたグルア監獄だが、本土では警邏隊も似たようなものという認識がされている。ただ軍人として、まだ警邏隊の方がましだ、という程度の差でしかない。つまり左遷であることに変わりはないのだ。

普通ならば自暴自棄になる。怠けるか、自分よりも立場の弱い者、力の弱い者に暴力を振るい感情の捌《は》け口《ぐち》とする。クロラもグルア監獄島に来るまでは、そんな姿を想像していた。

しかし、監獄にはゼータがいた。彼の絶対君主制の元、通常の軍人からは掛け離れているが、誰もが腐ることなく任務に就《つ》いている。

警邏隊はどうなのか。そんな疑問がクロラにはあった。その答えが目の前にある。クロラの脳裏を、〝脳筋〟という言葉が過った。

ゼータやラケールが警邏隊の者たちを、〝脳味噌まで筋肉〟と評した言葉に間違いはなかった。

「いいか、強く生きるんだぞ！」

男は真剣な眼差しで告げた。激励するように、痛いくらい強い力で肩を叩かれる。

「俺たちみたいになったら、今度こそ喧嘩を吹っ掛けてやるからな！」

そして、妙にいい笑顔で送り出されてしまった。

通用門を出て噴水広場に辿り着いたクロラは、茫然《ぼうぜん》としながら呟いた。

「……脳筋」

あそこまで己の外見を揶揄――隊員たちにそんなつもりはない――されたら、さすがに苛立つはずだ。だが、今はそれすらも超越した気持ちである。

「……帰ろ」

なにはともあれ、お使いは無事に終わった。クロラに多大な精神的疲労を残して。

第二章

「僕が、第一監房棟にですか？」

　所長のお使いから無事に戻った数日後。いつものように出勤したクロラは、第三監房棟の出入口でラケールに呼び止められた。

「人手不足なんだとよ」

「急ですね」

「昨日、第一で反省室にぶち込まれた奴が出てな。それに、まだアバルカスの奴が入院してるだろ。どうしても一人足りないってことになったんだよ」

　セリオ・アバルカス。クロラが監獄に赴任《ふにん》した際、わざわざ所長室まで案内してくれた人物だ。議員側の密偵だろうと当たりをつけているが、今のところ確証はない。そんな彼は、模擬戦でバシュレから渾《こん》身《しん》の一撃を受け、現在も医務室で療養の身となっている。

「反省室ですか」

「馬鹿をやったんだよ」

　それ以上、ラケールは理由を語らなかった。第一監房棟に行くのはいいが、気に掛かるのはバシュレのことだ。

「あの、僕の代わりは……」

「適当な奴にやらせる。バシュレもそろそろ他の奴と組ませて、慣れさせないといけないからな。最近はけっこう、始末書の枚数も減ったから大丈夫だろ」

　バシュレは極度のあがり症だ。慣れない相手との作業では、それがより顕著となる。しかし、ラケールの言う通り、いつまでもクロラとばかり組んでいるわけにはいかない。

「お前もそろそろ夜勤が入る。そうなるとどうしても、バシュレと一緒ってのは難しくなるからな」

新入りは初めの一月、夜勤を免除されている。まずは手順の複雑な通常勤務を体に覚え込ませるためだ。

一方、バシュレは夜勤のみ第四監房棟を担当している。これは異常がないかどうか見回りするだけなので、今のところ失敗なく務まっているようだ。しかし、二つの監房棟は責任者が違うため、クロラとバシュレの夜勤を合わせるのは難しい。

「これからは休みや訓練日も別々にするつもりだ。まあ、多少の失敗はあるだろうが、今は第一にいた時と違って心に余裕もある。なんとかなるさ」

「そうですね」

「とりあえず、最低でも三日間は第一勤務だと思ってくれ。間に一回は訓練か休みを挟むように調整してやるから、へこたれずに頼むぞ」

「了解しました」

頷くと、ラケールは珍しく神妙な面持ちでクロラの肩を摑んだ。

「いいか。第一の受刑者は特殊だ。なんかあったら、責任者のコルトバ大尉に連絡しろ」

「了解しました」

第一監房棟に収監されているのは、階級の高い者たちばかりだ。部屋も、第三のような雑居房ではなく独居房のみの造りとなっている。

「担当者が第一の入口で待ってるそうだ。しっかりやるんだぞ」

「はい」

今日からということで、クロラはバシュレ——いや、担当受刑者たちの無事を祈りながら、第一監房棟に向かった。

第一監房棟でクロラを待っていたのは、小太りの兵士だった。壁に寄り掛かり気怠げに欠伸《あくび》を繰り返している。

「おはようございます。第三から応援で派遣されたクロラ・リル一等兵です」

「ちっ、遅せぇんだよ……って、お前か！」

愕然とした顔にはどこか見覚えがあった。以前、寮内でクロラに難癖をつけてきた人物だ。

「ああ、その節はどうも。僕の部屋に生ゴミを蹴り入れた方ですよね」

「嫌味ったらしい覚え方してんじゃねーよ！」

模擬訓練の前にクロラは現在入院中であるアバルカスと揉めごとを起こした。その取り巻きだったのが、目の前の男だ。

難癖をつけられないように取り巻きたちを避け続けたのが裏目に出たのか、クロラは寮の部屋の前にゴミ――それも生ゴミばかり――をわざわざ集めてきて放置するといった次元の低い、しかし、精神的にはかなりきつい嫌がらせを受けた。

模擬訓練では絶対に復讐《ふくしゅう》してやろうと誓っていたのだが、残念なことにクロラが向かった先に彼の姿はなかった。運のいい奴め。

「俺はイサーク・ミラン一等兵だ」

偉そうな態度で、ミランは胸を張ってみせた。クロラは名前を反芻《はんすう》しながら、相手をじっくりと観察する。

年齢は二十代半ばで、背はサライ人の標準ほど。髪は角刈りで、容貌《ようぼう》は瞼《まぶた》が厚ぼったい以外にこれといった特徴はない。相変わらずの不機嫌そうな顔でこちらを睨み続けている。

「今日から三日間、よろしくお願いします」

「ヘマしたら容赦《ようしゃ》しねぇからな」

そういえば、模擬訓練中の違反行為者たちの中に、ミランも含まれていた気がする。彼らは罰として一日、崖から海面ぎりぎりのところに吊るされた。反省室行きか崖行きかの判断は、所長のその日の気分で決まるらしい。

「崖から吊るされた気分はどうでしたか？」と、聞いてみたいような聞きたくないような。大抵の者は、広大な海に文字通り揉まれることで悟りを開いてしまうそうだ。ただし、ミランを見る限りでは改心したようには思えないが。

「仕事内容は受刑者の刑務作業がないだけで、そんなに変わんねぇ。その間、俺たちは定期的に巡回《じゅんかい》を行ってる」

「わかりました」

受刑者の懲役刑《ちょうえきけい》の一部でもある刑務作業がないというのはどういうことなのだろうか。考えられるのは受刑者の実家からの圧力だ。第一に収監されている受刑者は名家の出が多い。本人たちが作業を拒み、家がそれを後押しすればかなりの発言力になる。

もしくは収監前の地位から重要な情報を知っている彼らに、できるだけ他者との接触をさせないよう、一日の大半を占める刑務作業を免除したか。

しかし、前者は、あのゼータが圧力に屈するとは思えず、後者は屋内での個別作業に従事させればいいだけの話である。些細なことではあるが、クロラは少しだけそれが気に掛かった。

「さっさと朝食の配膳に掛かるぞ」

「はい」

ミランは不機嫌さをまったく隠そうとはせず、時折、親の仇《かたき》でも見るような眼差しでクロラを睨みつける。崖から吊るされただけでは、彼の性格を矯正することはできなかったようだ。

もっとも、だからといって仕事に支障が出るわけではない。体を小突かれる程度の嫌がらせは、クロラから見れば可愛《かわい》いものだ。

過去の任務では、嫌がらせの一環で、頭から冷水を浴びせかけられ、氷点下の屋外に放り出されたこともあったな、とクロラは遠い眼をする。あの時はさすがに生命の危機を感じたものだ。

「チンタラしてんじゃねぇぞ！」

ミランの怒声が配膳室に響き渡る。それを適当に聞き流しながら、クロラは室内を観察した。広さは第三とさほど変わらない。備品も同じで、特別こちらが優遇されているといったことはないようだ。それは受刑者の食事も同じで、代わり映えのしない品が並んでいる。

今回、クロラがミランと共に担当するのは第一監房棟の一階独居房だ。全部で二十室あり、全室が埋まっている。

受刑者を運動させる際は少人数に分け、クロラとミランの他に二人、監視を増やした状態で行われるようだ。第三監房棟にはない徹底振りである。やはり情報の漏洩《ろうえい》を警戒しているのだろうか。

「――って、聞いてるのか！」

「はい。ちゃんと拝聴していました。配膳の際は無駄口は叩かず、ミラン一等兵の指示に従えばよろしいのですね？」

「わかればいいいんだよ。いいか、余計な口を出すんじゃねぇぞ」

「はい」

食事を載せた配膳台を押し、クロラは手ぶらで歩くミランのあとに続いた。

第一監房棟の一階は中央に通路が走り、その左右に独居房が配置されていた。室内にはベッドと座卓、それに生活に必要な最低限の設備が整えられている。独居房の戸部分には鉄格子が取り付けられ、内部を確認することができた。扉の下部には配膳口が備え付けられている。

「朝食の時間です」

ミランは妙に丁寧な口調で告げた。それから、受刑者一人一人の配膳口から食事を手渡していく。

「なにかご不便はありましたでしょうか？」

「顔色が優れないようですね。軍医をお呼びしましょうか？」

「これはお嫌いでしたか？　申しわけありません。食堂の者に伝えておきます」

等々、先ほどの高圧的な態度からは想像もできないほど腰の低い対応だ。顔には出さなかったが、クロラは内心で唖然とする。

「ほら、閣下がお待ちだ。ぐずぐずするな、さっさと寄越せ！」

クロラの手からトレイを奪うように引ったくったミランは、次には猫なで声をあげる。収監される前は高官だったとしても、今はただの囚人だ。人によっては、受刑者の名前ではなく個別番号で呼ぶ者もいるくらいだ。それなのに、なぜここまで媚《こ》びへつらう必要があるのか。

「おはようございます、コーウル少佐殿。これはお約束の品です」

続いて次の独居房に進んだ時、ミランが壮年の男に真っ先に手渡したのは、煙草の束だった。グルア監獄では、受刑者への嗜好品《しこうひん》の提供は認められていない。思わず眉を寄せると、ミランの鋭い視線が返ってきた。余計な口を出すな、ということなのだろう。

「――見ない顔だな」

コーウル少佐、とミランに呼ばれていた受刑者が、クロラに顔を向けた。でっぷりと太った男で、受け取った煙草にさっそく火を点《つ》けている。濁《にご》りきった視線は、クロラの髪に注がれていた。

「さすがグルア監獄だな。不要となった軍人のゴミ捨て場だ」

自分のことを棚に上げ、コーウルは腹の贅肉《ぜいにく》を揺らしながらクロラをせせら笑った。そのゴミ捨て場で、家畜のように世話されているのはどこのどいつだよ、とクロラは内心で毒突いた。

一方、一頻《ひとしき》りクロラを嘲《あざけ》ったコーウルは、続いて不機嫌な表情を浮かべた。

「移民如きに私の世話をさせようとは、実に不愉快だ。すぐに看守を替えろ！」

「コ、コーウル少佐殿、こいつは三日間だけの配属です。人手が足りない状況ですので、どうか大目にみてください」

クロラは神妙な顔をしながら、記憶を漁《あさ》っていた。

コーウル少佐——四年前、複数の贈賄《ぞうわい》と恐喝《きょうかつ》、議員への暴力行為で逮捕された人物だ。贈賄と恐喝については、彼の部下もコーウルの指示に従ったとして逮捕されている。

被害者が現職の議員ということもあり、かなり大きく取り沙汰《とざた》された事件だった。

実刑判決を下されグルア監獄に送られたのが四年前。受刑者たちの食事は粗食が基本である。しかし、この贅肉たっぷりの体格では、明らかに煙草以外の差し入れも受け取っていそうだ。

「ほら、お前も黙ってないでコーウル少佐殿にお願いしろ！」

ミランは必死の形相《ぎょうそう》でクロラに詰め寄る。だが、お願いしようがしまいが、受刑者であるコーウルにクロラを交代させる権限はない。

理不尽な要求に頭を下げるつもりもなかった。困るのはミランだけだ。それにミランには部屋に生ゴミの袋を蹴り入れられた恨みがある。第一に行ったら担当者の指示に従えと言われていたが、さすがに規則違反まではその範囲ではないだろう。

「ミラン一等兵、先に進みましょう。ここで手間取っていると、次の仕事に間に合いませんよ？」

笑顔で促《うなが》せば、ミランは青ざめた表情で口をぱくぱくと開閉させている。怒りを爆発させたのは、コーウルである。

「ふざけるな。たかが一等兵の分際で、私に逆らうというのか！　後悔しても知らんぞ！」

「どうぞご勝手に」

コーウルの実家は数多くの軍人を輩出した名家だ。私を怒らせれば実家が黙っていない、とでも言いたいのだろうが、贈賄と恐喝事件の他に、議員に手を上げたのはまずかった。

よりによって被害に遭《あ》った人物は、現中央議会議長だ。刑期を終えたところで、コーウルの実家は彼を温かく迎え入れるはずがない。下手をすれば、すでに勘当扱いになっている恐れもある。グルア監獄は家族ですら面会が制限されているため、コーウルが知るよしもないだろうが。

それを懇切丁寧に教えてやるほどクロラも親切ではないし、なにより一等兵の言葉を信じるとも思えなかった。それにどうせ、刑期が明けて本土に戻れば嫌でもわかることだ。今の方が、恵まれた生活を送っていたことに気付くだろう。

「朝食をどうぞ」

未だに硬直《こうちょく》しているミランの代わりに、配膳口にトレイを差し出す。しかし、次の瞬間、トレイは音を立てて床に転がった。当然、盛られていた料理も無惨な姿をさらす。

「片付けろ」

嘲るような口調でコーウルが告げた。女々しい嫌がらせだ。クロラは溜息を堪えて床に膝《ひざ》をついた。

幸いなことに、朝食は麦パンと目玉焼き、それに野菜を蒸したものがついているだけの質素な内容だった。

そこにコップ一杯分の水もついてくるが、それはトレイを受け渡したあとで配られる。さっさと拾ってしまえば終わりだ。

だが、嫌がらせはそれだけでは終わらなかった。クロラの頬になにかが触れたかと思うと、焼け付くような痛みが走る。床に転がったのは、火が点けられた煙草だ。

「おっとすまない。うっかり手が滑ってしまったようだ」

どうやらこちらを観察していたらしい各独居房からも、囃《はや》し立《た》てるような声が聞こえる。クロラは気にせず、手早く煙草以外のものを回収した。そして、睨み殺しそうな形相のコーウルに話し掛ける。

「これ、このままにしておいてよろしいでしょうか？」

クロラが指差したのは、戸の外側に転がっていた煙草である。まだ半分以上残っているそれは、真っ白な煙を立ち上らせていた。

「は、早く拾え！」

「あなたが捨てたものなのですから、拾ってくださいい、とお願いするのが筋でしょう？」

　コーウルは顔を真っ赤にするが、火のついた煙草が気になってしかたないようだ。ミランに拾うよう命令するが、こちらは茫然としたまま動こうとはしない。

「大抵の刑務所は、火が出ても燃え広がらない設計になっていますから大丈夫ですよ。ああ、でも、一部屋くらいなら燃えてしまうかもしれませんね」

　鉄筋コンクリート製の床や、鉄製の戸はちょっとやそっとでは引火する心配はないのだが、鉄格子からは立ち上る煙しか見えないため、もしかしたら、と怯えているようだ。小心な男である。

「ひ、拾って、くれっ、早くっ」

「拾ってください」

「ひひひ、拾って、ください！」

「次からは落とさないように」

　靴で火を消して、残ったくずを拾い上げる。それを配膳台の隅に片付けた。心配が消えた途端、罵詈《ばり》雑言《ぞうごん》を浴びせるコーウルを無視し、クロラは新しいトレイをミランに押しつけた。

「次に行きましょう、次に」

　正気に返ったミランは一瞬、怒気を過らせるが、それよりもコーウルを宥める方が先決だと思ったらしい。必死に身振り手振りを加えて言葉を重ねるが、自分にも怒りの矛先が向けられるなり、「しょ、職務がありますのでっ」と早々に退散した。

　怒声は徐々に小さくなる。ミランは憎々しげにクロラを睨んでは、受刑者に媚びを売りつつトレイを手渡していた。

「ホドロフ少佐殿。今日のお加減はいかがですか？」

　ミランが最後に声を掛けた男は、今までの受刑者たちとは様子が違っていた。

年齢は、三十を過ぎたくらいだろうか。優しそうな容貌で、背中を隠すまで伸びた真っ黒な髪を一括《ひとくく》りに結っている。衛生上、受刑者は短髪が義務づけられているが、なぜ彼はそのままなのか。囚人服から伸びた腕は枯れ木のように痩《や》せ細《ほそ》り、頬がげっそりと落ち窪《おくぼ》んでいた。

異様だったのは、誰もが食事を受け取るため戸口に立っていたにもかかわらず、ホドロフと呼ばれた男だけが、独居房の中心に座り虚《うつ》ろな眼差しで宙を眺めていたことだった。ミランの呼び掛けにも反応を見せない。何度か呼び掛けると、ようやく億劫《おっくう》そうな動作で立ち上がった。

「なにかご入り用なものはございますか？」

「…………」

反応はない。トレイを受け取ると、生気のない顔で踵を返そうとした。しかし、眼が合った瞬間、トレイが床に落下する音が響いた。

「助けてくれっ、ここから出してくれ。私は無実だ！」

格子を摑み、ホドロフは必死の形相でクロラに訴える。落ち窪んだ眼がギラギラと輝いていた。

「無実なんだ！　私は誰も殺《や》ってないっ。頼む、助けてくれ！」

反応に戸惑《とまど》っていたクロラの腕を摑んだのはミランだった。説明もなく、ただ無言で体を引き摺られる。慌てて配膳台を押し、クロラたちは配膳室へと戻った。

背後から響く悲痛な叫びを聞きながら——。

「てめぇ、どういうつもりだ！」

配膳室に着くなり、クロラを待っていたのはミランの怒声と拳だった。頬を殴られ、口内に血の味が広がる。

「無駄口を叩くなと言っただろうが！」

襟首を摑まれ、壁に背中を押しつけられた。衝撃に鈍い痛みが走る。むろん、余計な波風を立てたくなかったクロラは、ミランの命令を守るつもりでいた。しかし、気付けば安い挑発に、ついやり返してしまっていた。

今までの潜入調査なら、けっしてそんなことはしなかった。どんな理不尽な言い掛かり——暴力を受けても、設定した人格に沿った反応をした。

原因はわかっている。〝クロラ・リル〟だ。意外と、名前というのは重要だ。真面目な少年を演じているつもりでも、〝クロラ・リル〟としての地が滲《にじ》んでしまう。

「今までの努力が台無しになったら、どうしてくれるんだよ！」

「……受刑者への差し入れは、禁止されているのでは？」

「墓場送りになったくせに、なに真面目ぶってんだよ。ああ、第三は雑魚《ざこ》しかいないんだったな。媚びたってしかたねぇわけだ」

なんとなくではあるが、ミランの目的に見当がついた。

彼は受刑者に恩を売っているのだ。第一に集められた受刑者は、階級が高いだけでなく名家の出身も多い。釈放されたあとで有力者にグルア監獄から本土への異動を掛け合ってもらうために画策していたわけだ。

しかし、あの受刑者が恩を感じてミランの異動に尽力してくれるとは思えない。配膳の際に観察しただけではあるが、大切にしてもらえるのが当然だと考えているような者たちばかりだった。

「彼らが、口添えしてくれるとは思えません」

煙草をはじめとする差し入れの代金は、すべてミランの懐から出ているのだろう。一等兵の給料は微々たるものだ。求めに応じて差し入れをしていたら、あっという間に底をついてしまう。あまりにも割に合わない投資だ。

「そんなこと、俺が一番よく知ってるさ。だがな、どんなわずかな可能性でも縋《すが》りつきたいんだよ」

クロラを睨みつけるミランの眼には焦りがあった。監獄で働く者たちは、二つに分けられる。本土に戻ることを諦め現状に満足する者。そして、未だに本土への異動――昇進を諦めきれずに足掻《あが》く者。ミランは後者だった。

あそこは抵抗せず、煙草を拾ってやり過ごすべきだったようだ。そうすれば、少なくともミランの怒りはここまで爆発しなかっただろう。もっとも、少しばかり過剰な反応をしてしまったことに対する反省はあるが、ミランに対する後悔はない。生ゴミの恨みは重いのだ。

「馬鹿にしたけりゃ、すればいい。それに実際、本土に戻れる目処《めど》はついていているんだ。アバルカス少尉が俺たちを助けてくれる」

なぜここでアバルカスの名前が、とクロラは訝《いぶか》しんだ。

「残念だったな。お前はあの人に嫌われてる。一生、ここで働き続けりゃいいんだ」

蔑《さげす》むように笑ったミランは、摑んでいた襟を離した。もう一度、凄味《すごみ》を効かせるようにクロラを睨みつけ、吐き捨てるように告げる。

「いいか、二度とふざけた真似《まね》をするんじゃねぇぞ！」

「……はい」

これが三日間も続くのか、とクロラは嘆息した。

その日の夜、寮の自室に戻ったクロラは同室者に気になっていたことを訊《たず》ねた。

「第一では受刑者への差し入れが容認されているんですか？」

風呂から戻ったばかりのレジェス・ハイメは、肩まである髪をタオルで拭《ふ》きながら問うような視線をこちらに向けた。

ハイメは二十代前半ほどの青年で、クロラが知っている中でも、一、二を争うほどに背が高い。異国の血が入っているのか、彫りの深い顔立ちをしていた。階級はクロラと同じ一等兵。グルア監獄に配属になるようななにをやったのかは不明だ。

「応援で、今日から三日間、第一に勤務することになったんです。その時にちょっと……」

「差し入れはいちいち取り締まるのが面倒だからと、放置されている。痛むのは個人の財布だからな」

髪の水気を適当に拭くと、ハイメはベッドに腰掛けた。クロラに向けられた瞳には、案じるような色がある。

「大丈夫ですよ」

「だが、その類は第一の者にやられたのだろう?」

「ある意味、あちらの精神的被害の方が大きいと思います」

「そういう問題じゃない」

ハイメはなぜかクロラを必要以上に子供扱いした。なにかあると、まるで親鳥のように世話を焼こうとする。酷《ひど》い目に遭ったと知れば、ミランを脅《おど》すくらいはやりそうだ。

「自分の手に負えない問題が起こったら、ちゃんとラケール大尉に報告しますから。それよりも、ハイメさんは〝ホドロフ〟という受刑者を知ってますか?」

「ああ」

「いきなり、助けてくれ、俺は無実だって訴えられたんですが」

あれはなかなか衝撃的な出来事だった。任務には関係ないことに深入りするつもりはないが、気になったのも事実である。

「新入りを見ると、いつもああなる。気にしなくていい。相手にされないとわかれば諦める」

「そうですか……」

クロラは朝だけでなく、昼と夕方にも同じように必死の形相で訴えられた。トレイをなかなか受け取ってくれないので、ミランの機嫌は悪くなる一方だった。

「受刑者番号、一〇一二番。アレクシス・ホドロフ」

「え？」

「三年前まで、グルア監獄島の警邏隊隊長だった男だ」

ハイメは淡々とした口調で語った。クロラは必死に記憶を引っ繰り返す。

ミランはホドロフを〝少佐殿〟と呼んでいた。佐官以上の地位にある者が事件を起こした場合、下っ端の兵士とは比べものにならないくらい大々的に報道される。また、軍の揚《あ》げ足《あし》取りを狙《ねら》っている議員たちも、その手の情報には敏感だ。ありとあらゆる手を使って表舞台に引っ張り出し、声高に糾弾《きゅうだん》しようとする。

しかし、ホドロフの名に聞き覚えはない。ただ、グルア監獄島で起こった事件だけに、軍の上層部が隠蔽《いんぺい》したとしても不思議はなかった。

「あの男は脱走の常習だ。独居房から出た瞬間、逃げようとする。運動場に出せば誰彼構わずに無実を訴える。だから、必要以外に独居房から出さない」

ハイメは言葉を句切り、それから気遣わしげな視線をクロラに向けた。

「第三にいる、マリオ・カルレラが収監された原因でもある。ホドロフのことを訊かれても、知らない振りをした方がいい」

以前、クロラはカルレラから第一監房棟のことを訊かれた。

自分は知らないのでバシュレに訊いたらどうかと提案したが、返ってきたのは「お嬢ちゃんは俺の聞きたいことを教えてはくれないだろうさ」という意味ありげな言葉だった。

「わかりました」

「マリオ・カルレラも、警邏隊の隊員だった」

意外な情報に、クロラは驚いた。まさかあのカルレラが、警邏隊の人間だったとは。

「三年前になにがあったんですか？」

「……子供はそろそろ寝る時間だ」

ハイメはクロラを一瞥しただけで、質問に答える気はないようだ。子供に聞かせる内容ではないと思っているのか、それとも事件について箝口令《かんこうれい》が敷かれているのか……。

追及を諦めたクロラは、ベッドに横になった。三年前の出来事を調べてみる必要がありそうだ。

「諸君。今夜もブラス・ブラト様が来てやったぜ。友達いないんですか、って眼で見るのはやめようねクロラ君！」

ブラトなら三年前の事件を知っているかもしれない。ハイメのいないところで、こっそり訊いてみよう。箝口令が敷かれていたとしても、上手《うま》く誘導すればある程度の情報を得られそうだ。あとはバシュレと……ラケールは対価として煙草を寄越せと言いそうだ。

「ブラス先輩はいつも元気ですね」

「おうよ！　それが俺の取り柄だからな！」

そういえば、ブラトも本土への異動と昇進を諦め切れずにいる一人だった。彼もまた、どんな手を使ってでも現状から脱却したいと思っているのだろうか。

第三章

軍では週に二日間以上の訓練が義務づけられている。日程は休みと同様、各監房棟の事務員が割り振ってくれる。希望すれば、午前中に訓練をして午後は通常勤務ということも可能だ。

訓練場は、本館の脇に隣接されている。受刑者が使用していなければ運動場の使用も認められていた。

「今日は蒸し暑いな……」

訓練場の室内を軽く二十周したクロラは、野戦服の袖で額の汗を拭いた。野戦服は軍服よりかなり簡略化された作りになっているが、それでも少し動いただけで汗だくになってしまう。

訓練場は、運動場と同じくらいの広さがあった。床は地面が剝《む》き出《だ》しになっていて、外とあまり変わらない。天井は他の建物よりも高めに造られてあった。

「ぶっ倒れたくなかったら脱いどけ」

立ち止まっていたクロラに声を掛けてきたのは、ラケールだった。彼はすでに上着を脱いで腰に巻き付けている。上は白い半袖のアンダーシャツで、肩の周りがうっすらと汗で湿っていた。

「そうですね」

「お前、さっきからぐるぐると走ってばっかりだったが、何周したんだ？」

「二十周です」

「はぁ……若い奴は体力があっていいよな。俺は一周でもやってらんねぇよ」

ラケールは先ほどまで、同じように訓練日だった兵士たちを相手に組み手を行っていた。射撃が得意だと言っていたが、体術もかなりの腕前である。

暑い、暑い、と片手で顔を扇《あお》いでいたラケールは、壁に背中をついてその場に座り込んだ。

「あと一日残ってるが、第一はどうだ？　きっちりと洗礼を受けたみたいだな」

そう言って、ラケールは意地の悪い笑みを浮かべ、傷の残る頬を指差した。

「正直、とても驚きました。第三とは雰囲気がまったく違う場所ですね」

第三の受刑者には一体感がある。しかし、第一の受刑者は他人を見下し、馴れ合うことを拒否している。己の方が上なのだという自己主張の激しさには、見ていて嫌気が差したほどだ。

「どうして、第一では受刑者への差し入れが黙認されているのでしょうか？」

「取り締まるのが面倒だからだよ。それに禁止したところでなくならない。反省室行きが増えて、業務が回らなくなるだけだからな」

ハイメの答えと変わらない返答だった。しかし、疑問が残る。あのゼータが受刑者を喜ばせるようなことを放置するだろうか。

「そういえば、反省室行きになった方はなにをしたんですか？」

「ん、ああ。受刑者から手紙を受け取って、それをこっそり本土に送ろうとしてたんだよ。宛先《あてさき》は自分の実家になってたが、中に同封した手紙を誰々宛に送ってくれ、って書いた紙が入っててな。さすがにこれは、ってことで反省室行きだ」

「崖から吊るされる方ではなかったんですね」

「反省室行きには、二種類ある。一つは単純に反省を促すもの。もう一つは、身柄の拘束《こうそく》だ。後者は寮の部屋に捜索が入る。他にも不正を働いてる可能性があるからな。そうなったら、大抵は自主除隊だ。崖から吊るされるのは、まだ更生見込みがある奴だけだな。まあ、崖か反省室かの判断は、所長のさじ加減一つだけど。むしゃくしゃしてる時は、だいたい崖行きだ」

つまり、今回の反省室行きは、除隊の可能性が高いというわけか。ふと、クロラは一つの可能性に行き当たった。

「もしかして、差し入れを黙認しているのは、わざとですか？」

狙いは受刑者に宛てた、もしくは受刑者が書いた手紙。例えば共犯者がいたとして、そちらがまだ捕まっていない場合、受刑者が連絡を取る可能性もある。監獄の監視が、差し入れを黙認するくらい杜撰だと知れば、それくらい大胆な行動に出てもおかしくはない。

ゼータの狙いがそこにあるとすれば、あえて差し入れを黙認する理由にもなる。

「さあ、どうだろうな」

ラケールは曖昧な笑みを浮かべて立ち上がると、クロラの髪を乱暴にかき混ぜた。

「なんにせよ、問題なくやれてるんならいいさ。あと一日、頑張ってこい」

「はい。あ、そういえばバシュレ一等兵は大丈夫ですか？」

バシュレとは、もう二日間も顔を合わせていない。訓練場に姿が見えないということは、彼女は今日も監房棟勤務なのだろう。

「よし、今日は俺が特別に射撃の腕を見てやろう。リルはあんまり得意じゃなかったよな」

「大尉殿」

明らかに話をはぐらかしたラケールを、クロラは責めるように見つめた。すると、ラケールは諦めを含んだ表情で肩を竦める。

「可愛い子には旅をさせろって言うだろ。俺だって、できることなら一刻も早くお前を第三に戻したいさ。切実にな」

「なんとなく状況はわかりました」

バシュレは今月の給料も、諦めた方がいいのかもしれない。溜息をつくと、ラケールがクロラの頭を軽めに叩いた。

「射撃の腕を見てやるってのは、冗談じゃないぞ。部下の実力を知っておくのも上官の務めだからな。逃げるんじゃねぇぞ」

「……はい」

意図を見抜かれ、クロラは内心で舌打ちした。接近戦は得意だ。幼い頃から祖父に扱《しご》かれ、軍に入隊してからも鍛錬《たんれん》は怠っていない。しかし、射撃はと聞かれると、的に当てるのが精々、と答えるしかない残念な実力だ。

そういえば祖父も射撃は苦手だった。小銃《しょうじゅう》で敵を狙うよりも、それを武器に殴《い》り掛かった方が早い、と言い訳のように語っていたのを覚えている。

射撃場は、騒音防止のために訓練場の地下に併設されていた。室内は長細く、やや薄暗い。奥に人体を象《かたど》った的があり、壁には殺傷力を抑えた練習用の小銃がずらりと並んでいた。

室内には管理係が一人いるだけで、先客の姿はなかった。

「まず、試しに撃ってみろ」

「はい」

小銃を手に取り、管理係の兵士から渡された銃弾を込める。小銃は模擬訓練の際に使用したものと同じ型式だ。驚くことに、グルア監獄で当然のように使用されているのは、本土の軍事基地に配給されている最新式と同じものである。

襲撃の恐れもないような隔離された場所には、あまりにも不似合いなものだ。宝の持ち腐れとしか思えない。

「五発連射したら止《や》めろ」

「はい」

室内は五つのレーンに分かれていた。それぞれ奥に的が吊るされている。クロラは一番左端のレーンに立った。的に向かって小銃を構える。動いている目標を撃つわけではないのだ、しっかり狙えば的を捉えることはさほど難しいものではない——はず。

的を見据え引き金に力を込める。甲高い破裂音が室内に響いた。衝撃が肩に掛かる。両足に力を込め、クロラは続け様に四発の銃弾を的に撃ち込んだ。

「三発命中、二発外れ、か」

「………」

「命中した弾も急所から外れてるな。なんだ、謙遜《けんそん》じゃなくて本当に射撃が苦手だったのか」

「……はい」

「射撃経験のない新兵なんだ、そう落ち込むなって」

励ますように肩を叩かれるが、実は新兵をとっくの昔に卒業しているクロラは、乾いた笑みを浮かべるしかなかった。

「形は悪くないんだがな。脇もちゃんとしまってるし。ちっこいから撃った反動で銃口がずれちまうのかもな」

「関係ないと思います」

どっかの脳筋集団を思い出させるような言動は止《よ》してほしい。それに、小柄でも射撃が上手な兵士はたくさんいる。

「視力は悪くないんだろ?」

「はい」

「ふむ。小銃の尻をもっと肩に当ててみろ。食い込むくらいな。それでだいぶ勢いを殺せるだろ。足は縦に開いて、重心を前に掛けるように……そうそう、猫背にならないように意識しろよ」

クロラは指示された通りに小銃を構える。ラケールが言っていることは、射撃の基本だ。それくらいできていると思っていたのだが、玄人から見ればぜんぜんなっていなかったらしい。

「銃口は狙ってるところより少しだけ下げてみろ。ほんの気持ち程度でいい。よし、また五発やってみろ」

返事はせず、クロラは引き金に掛けていた指に力を込めた。立て続けに五発。肩に掛かる衝撃に顔を顰《しか》めながら、クロラは銃口を下ろした。

「今度は五発とも的に命中したな」

急所に命中したのは一発だけだったが、他の四発もしっかりと的に当たっている。助言を受ける前とは大違いだ。

「あとは練習あるのみだ。お前は接近戦の方が得意だろうが、射撃の腕も上げておくに越したことはないからな」

「ありがとうございました」

「いいってことよ。どれ、俺がお手本でも見せてやるか」

小銃に慣れた手付きで銃弾を込めたラケールは、クロラが使っていたレーンの隣に立った。銃口を的に向けたと思ったら、間を置かずに甲高い破裂音が響いた。

五発の銃弾が的に撃ち込まれる。

「んー、一発だけ外れちまったな」

クロラは唖然とした。外れた、と本人は言ったが、銃弾はすべて的を捉えている。ただ、その内の一発だけが急所部分から外れていた。それもわずかに、である。

「凄いですね」

「これだけは得意なんだよ。所長にも負けねぇぞ」

「所長もお上手なんですか？」

「小銃を鈍器として使うのは、な」

ゼータも祖父と同じ人種か。微妙な顔をしていると、ラケールが射撃を再開した。気軽に撃っているように見えるが、的に向けられた視線は真剣そのものである。

クロラが狙った的は穴がばらばらの位置に開いているのに対し、ラケールが狙った的は頭部と心臓部分に穴が集中していた。得意不得意の以前に、そもそも年季が違うのだ。

——せめて的から外さないようにしよう。

ラケールが言うように、鍛えておいて損はない。練習して、小柄だから射撃が苦手なのだという汚名を返上しなければ。

クロラはラケールの助言を反芻しながら、的に銃口を向けるのだった。

無事に第一での仕事を終えたクロラは、通常の勤務に戻った。その間、他の同僚と組んでいたバシュレは、予想以上に色々とやらかしてくれたらしい。

雑居房の鉄格子が微妙に曲がっているところもあれば、ところどころ壁に拳大の凹《へこ》みもある。極めつきは頭部のない案山子だった。いったい、なにがあったんだろう。

誰に聞いても顔を真っ青にして首を振るだけなので、よほど恐ろしい経験だったに違いない。受刑者たちには、「いきなりいなくなるなよ……ぐすっ」と、涙目で詰《なじ》られてしまった。鳥肌が立つくらい気持ち悪かった。

そんな彼らには悪いが、明日は休みが入っている。第一に行って精神的に疲れただろうからと、ラケールが休日を移動させてくれたのだ。彼らのためにも、明日がバシュレの訓練日であることを祈るしかない。

休日の朝、クロラはラケールから伝言を受け取った。昨夜の豪雨で第三監房棟の畑に被害がないかどうか確認してくれ、というものである。朝方まで降り続けていた雨のせいで、色々と被害が出ている模様だ。

寮から出ると、昨夜の地面に叩きつけるような雨が嘘《うそ》のように空は晴れ渡っていた。空気は雨上がりのせいか、いつもより湿気を帯びているように感じられる。

「流されてなきゃいいけど……」

水捌けのよい場所を選んで畑を作っているが、雨脚が強い場合は、せっかく成長した苗が盛ってある土ごと流されてしまう恐れがある。水溜まりが残る地面を、クロラは足早に進んだ。

第三監房棟の畑が見えるところまでくると、同じように他の畑を確認している兵士たちの姿が見えた。その中に、見知った背中を見つける。

「ブラス先輩」

「お、クロラか。お前も畑を見に行けって言われたのか?」

「はい」

「休み組は全員駆り出されたみたいだぞ。俺も朝一で叩き起こされてさー」

溜息をついて、ブラトは地面を蹴った。どうやら彼も今日は休みだったようだ。

「被害状況はどうでしたか?」

「三分の一が駄目になってた。まあ、流されたのは植えたばかりのやつだったから、見た目ほど酷いわけでもないけどな。この辺りは水捌けがいいから根腐れもしないだろうし。お前のとこはどうなんだ?」

「これから確認するところです」

「よし、俺も付き合ってやるか。お前はまだ新米だから、畑の見方もわかんねぇだろうしな!」

さすがにそれくらいはわかるが、クロラは「お願いします」と笑みを浮かべて答えた。ちょうどブラトには訊きたいことがあったのだ。

第三監房棟の畑は思ったほど雨の被害を受けてはいなかった。むろん流されてしまった苗もあるが、今日の刑務作業で植え直せる範囲だ。

「……なあ、クロラ。なんで第三の案山子は頭がないんだ?」

「きっと、昨夜の豪雨で流されたんですよ。案山子としての役割を果たせるなら問題はありません」

なぜなのかは、深く考えてはいけない。とりあえず、あとは畑の被害をラケールに告げるだけでクロラの仕事は終わりだ。

案山子を見上げながら首を捻るブラトに、クロラはさりげなく本題を切り出した。

「そういえば先日、第一に応援に駆り出されたんです」

「え、まじで? そりゃ、災難だったな」

「ブラス先輩も第一に行ったことが?」

「前にな。第二にも独居房はあるけどさ、あっちほど面倒な受刑者はいないからなー」

　ブラトが勤務する第二監房棟は、二階が独居房、一階が雑居房という造りになっている。こちらの独居房は元の階級に関係なく、主に集団生活が困難だと判断された者が収監されているそうだ。

「第二の独居房には、暴力的な受刑者が入れられているんでしたっけ」

「普段は大人しい奴らなんだけどな。集団生活に向いてないっていうかさ。第一みたいに偉そうな態度で難癖つけるような奴はいないぞ。あんなとこに行かされて、大丈夫だったのか？」

「三日間だけでしたから。でも、ちょっと気になったことがあったんです。第一の、アレクシス・ホドロフという受刑者をご存じですか？」

「それってあれか。三年前に起こった事件の犯人だろ。もしかしてお前も、俺は無実なんだー、って縋りつかれたのか？」

「はい。あの、ホドロフ受刑者の奇行は有名なんですか？」

「第一に行ったことのある奴なら、大抵は同じ目に遭ってるからな」

　だがしかし、ホドロフは自身の無実を訴えてどうしようというのか。まさか本当に自分の主張を信じ、脱獄を手助けしてくれる人物が現れることに希望を託しているのか。

　現実的に考えて、なんの見返りもなく受刑者を脱獄させてくれる兵士がいるとも思えない。冷静に考えればわかるはずだ。

「実は、第三のカルレラ受刑者の収監と関わっているそうなので、少し気になったんです。三年前の事件について教えていただけますか？」

「いいけど、俺がここに来たのは二年前だから噂くらいにしかわかんねぇぞ」

「はい」

　クロラはさりげなくブラトを人気のない、雑木林側に誘導した。これで畑の被害を確認している兵士たちに会話を聞かれる心配はない。

「三年前、立て続けに三人の兵士が行方不明になったんだよ。最初は脱走したと思われてたんだが、しばらく経ってから一人だけ遺体で発見されたんだ。その遺体が、当時の警邏隊隊長だったアレクシス・ホドロフの袖章を握ってたことで、犯人として逮捕されたってわけだ」

「え、じゃあ残り二人の兵士は行方不明ってことですか？」

「たぶん、そうなんじゃねぇの？　遺体が見つかったっていう話は聞いてないからな。他にも余罪があったみたいだけど、酒の席だったせいであんまり覚えてないんだよなー」

　ブラトの説明は確かに曖昧だったが、なにが起こったのか粗筋はわかった。事件以降に監獄へ配属になった者には、詳しい事情を期待しない方がよさそうだ。

「では、カルレラ受刑者はどうして収監されたんでしょうか？」

「なんでも、行方不明になった兵士の一人と親しかったみたいで、仇を取ろうとしてグルア監獄に忍び込んだところを捕まったそうだ」

「え、じゃあ罪状自体は、不法侵入だけなんですか？」

「いや……なんだっけかな？　取り押さえようとした兵士に抵抗して大怪我を負わせたって聞いたから、傷害罪にも問われたと思う」

　こちらもホドロフの件と合わせて調べてみる必要がある。ラケール辺りなら詳しい事情を知っていそうだが、余計な疑念を与える行動は慎《つつし》んだ方が賢明だ。

「ありがとうございます。なんとなく気になっていたので、すっきりしました」

「いいってことよ！　お礼はバシュレさんとのデートを手配してくれるだけでいいぜ！」

「すみません。相手の了承を得るのが困難すぎて、僕ではどうにも……」

「冗談に決まってるだろうが！　しかも、バシュレさんに拒否られる前提で話すなよ！」

「ブラス先輩は、どうして了承される前提で話しているのでしょう？」

「そんな純真な眼で見るな！」

言ってるこっちが虚しくなる、とブラトは頭を抱えて叫んだ。さすがに、「現実を見ましょうよ」と止《とど》めを刺すことは躊躇われる。

「あ、そうだ。お前に訊きたいことがあったんだよ」

しばらく煩悶《はんもん》したブラトが、思い出したように告げた。

「お前の好みって、どんな子？」

「……それを聞いてどうするつもりですか」

「いやいや、いやいや、そんな冷めた眼で見んなって！　知り合いにちょっと訊いてくれって頼まれたんだよ。相手は訊くなよ。とってもシャイな子なんだ。ちなみにバシュレさんが好みだって言ったら殴り飛ばす」

ここで答えを渋るのもあとあと面倒になりそうだったので、クロラはしかたなく口を開いた。

「この外見に偏見《へんけん》がないのであれば、あまり拘りはありません」

「それだけ？」

「僕としては、けっこう重要ですよ」

「ふむ。そうか、そうか。じゃあ、俺はこれから予定があるから」

一方的に納得したブラトは、片手を振って寮のある方に走って行ってしまった。いったいなんだったんだ、とクロラは肩を竦める。クロラも今日は街に出掛けるつもりだったので、釈然としない気持ちを抱えつつも、畑をもう一回りしてからラケールのところへ報告に向かった。

各監房棟は一本の通路で繋がっているため、正面玄関に行くには建物を大きく迂回《うかい》しなければならない。いつもならば第三監房棟側を通るクロラだったが、生憎《あいにく》と巨大な水溜まりが行く手を阻《はば》む。水捌けがいいのは畑があるところだけのようだ。

かなり遠回りになるが、第一監房棟側を通った方が無難だろう。歩きながら、クロラは無意識に歌を口ずさんでいた。

「いつか還る　懐かしき海
　届けておくれ　旅鳥たちよ
　波に乗せ　わたしの心を　愛し子に」

緩やかな旋律が辺りに響く。これもまた、〝クロラ・リル〟の名を使う上での弊害だ。以前なら、密偵調査中にクロラの知る歌を口ずさむことなんてなかった。母が歌っていた曲自体、ずいぶん長い間、記憶の片隅で埋もれていたほどである。

「いつか還る　愛おしき腕
　届けておくれ　わたしの想いを
　夢に乗せ　静かに眠れ　愛し子よ」

勤務中に口ずさまないように気をつけなければならないな、とクロラは苦笑した。

懐かしい旋律に、意識がゆっくりと浮上した。ここが現実の世界であると意識するのに、少しだけ時間がかかる。

しばらくして、男は首を捻った。なぜ、眼が覚めたのか。滅多なことでは起きないように自己暗示を掛けておいたのに。

「あれから何年経ったのかな……？」

狭い室内を見回す。自分はどうやら、床で眠っていたようだ。背が酷く痛む。右側には簡素なベッドが置いてあった。その頭の方には古い机と椅子。替えの服が入っていると思われる小さな箪笥《たんす》。囚人服から伸びる手や足は、記憶にあるものよりもだいぶ痩せ細っていた。

男はゆっくりと自分が眠っていた時間の記憶を辿った。どうやら、捕まってから三年もの月日が経ったようだ。

「あいつの注意も薄れた頃かなぁ？」

脳裏に浮かぶのは、グルア監獄所長、セルバルア・ゼータだ。軍の上層部同様、何度殺しても殺し足りないほど憎い相手。あいつがいなければ、もっと早く仲間たちにグルア監獄の情報を送れたのに、こんなに時間を無駄にさせられている。

ゼータに取り押さえられた時、とっさに自分に暗示を掛け、眠りにつく以外に方法はなかった。そうでもしなければ、ゼータは思いつく限りの手段で男に仲間たちの居場所を吐かせようとしただろう。

もちろん拷問《ごうもん》に屈するつもりはないが、強力な自白剤の前ではどれほど強固な意思も粉々に崩れ去ってしまう。たとえそれが一回の投与で廃人同然になるものであっても、ゼータは使用を躊躇わなかったはずだ。それだけ、彼も自分たち仲間を憎んでいるのだから。

「……ん？　なんだ、あっちもけっこう拷問を受けたんじゃないか」

記憶の中には、ゼータから拷問を受けるあちらの――ホドロフの苦痛もあった。気の毒なことだ。彼は本当になにも知らない。無実を叫ぶ彼の声は真実なのだ。

男が眠っているとすれば、ほしい情報は引き出せない。なんの手掛かりも得られないまま、ホドロフもろとも壊してしまうことになる。一週間ほどで拷問の記憶は止まり、以来、ゼータの姿が映ることはなかった。

「今なら、出られるかなぁ？」

立ち上がろうとすると、酷い立《た》ち暗《ぐら》みが男を襲った。この体はだいぶ参っているらしい。毎日、日課として鍛えていた体からは、鋼《はがね》のような筋肉が失われていた。

このまま目覚めなかった振りをするかどうか、男は迷った。ゼータはホドロフへの関心を失ったように見える、そういう振りをしているだけなのかもしれない。生かしておくのも、こちらが外と連絡を取り合う可能性を考えてのこととも思える。あいつなら、興味を失った体を装い、こちらを罠《わな》に誘うくらいのことはやりそうだ。

「脱獄はできたとして、助けがないと島から出るのはむりかな」

だが、外部との連絡方法がないわけではない。自分を——アレクシス・ホドロフを慕《した》っていた彼女ならば、隊長室に残してきたものを大事に持っていてくれる可能性があった。

それに、自分がなぜいきなり目覚めたのかも気になる。仲間たち以外からの呼び掛けでは、絶対に目覚めないくらい強い暗示だったのだ。

「でも、懐かしい音だった」

懐かしくて、涙が溢れるほどに。男は頬を伝う涙にそっと触れた。

不意に二つの足音が響く。記憶を探れば、朝食後の巡回だということがわかった。足音が徐々に近付いてくる。

「お、今日は起きてるみたいだな」

鉄格子から覗き込んできたのは、なかなか整った顔立ちの青年だった。名前は、と男はホドロフの記憶を覗き見る。

セリオ・アバルカス。今年に入ってグルア監獄に配属された兵士だ。階級は少尉。妙に馴れ馴れしい態度でホドロフに話し掛け、無実だという訴えにも耳を傾けてくれた。

しかし、ただそれだけだった。話は聞いてくれるが、ホドロフの訴えを信じてくれたわけではない。ホドロフもやがて諦め、話し掛けられても無言を貫《つらぬ》くようになった。

「ずっと休んでてごめんな。今日から復帰したから、またよろしく」

男はゆっくりとアバルカスに近付いた。相手の双眸《そうぼう》が意外そうに見開かれる。ずっと無視され続けていたので、ホドロフの行動に驚いたのだろう。

「どうかしたのか？」

「私をここから出してほしい」

アバルカスの眼をじっと見詰める。やがてそれは虚ろなものに変わり、肯定するように頭が縦に動いた。

「アバルカス少尉殿、どうしたんですか？」

隣の独居房にいる受刑者と、なにやら話し込んでいたもう一人の看守がこちらにやってきた。イサーク・ミラン一等兵。記憶では、いつも媚びるような口調で話し掛けてきた男だ。

困ったことに、この力は、一度使ったあとは十分以上の間を置かなければならなかった。それも、相手を支配できるのは二十分が限度。連続での使用は支配した相手がもたず、意識を失うか、最悪、精神が破壊された状態となってしまう。なかなか使い勝手の悪い能力だ。

「具合が悪いんだ」

「……ミラン一等兵。至急、軍医を呼んで来い」

「え、は、はいっ！」

ミランは疑う素振りを見せることなく走って行った。男は内心で安堵する。ここで騒ぎ立てられたら、面倒なことになっていたはずだ。さて、と呟いて、男はアバルカスに向き直る。

「私をここから出してほしい」

「はい」

ベルトに掛けてあった鍵束から、アバルカスはそうかからずに目当ての鍵を見つけ出したようだ。錠を開ける音がして戸が開いた。

「外まで案内してくれ」

「はい」

監房棟から出るには、まだいくつかの扉があった。鍵を奪うよりも、アバルカスを支配したまま案内させた方が早いだろう。

「こちらです」

アバルカスに続けば、独居房に入れられている受刑者たちが訝しげな眼差しを男に向けた。だが、軍医の診察を受けるために別室に向かうと思ったのか、異を唱える声は上がらなかった。男の手首に手錠が掛けられてないことに気付く者もいない。

　幸いなことに第一監房棟の玄関まで、他の兵士に出会《でくわ》すことはなかった。三年ぶりの外界の空気に、知らず溜息が零れた。

「ああ、そうそう。悪いけど、君の着ている服を貸してほしいんだ」

「はい」

　アバルカスは抵抗することなく軍服を脱いだ。それを受け取って小脇に抱える。

「あと、武器があるといいな」

「これをお持ちください」

　渡されたのは警棒だった。ないよりはましだが、筋力の衰《おとろ》えた体でどこまで扱えるか。持つだけでずっしりと重いそれを、男は思案げに眺めた。

「他には？」

「…………」

　返答はない。答えられない問いは、大抵このような無言が返される。

「小銃は誰でも持ち出せるのかな？」

「むりです」

「そう」

　男は警棒を地面に置いた。持ち運びに苦労するような武器は、いざという時に役には立たない。なら街で別の武器を手に入れた方がいい。

「ここまででいいよ。案内してくれて、ありがとう」

「はい」

　敷地内の詳細な地図は頭に入っている。まだ警邏隊に所属していた頃、ゼータの眼を掻い潜って集めた情報だ。早く仲間たちに連絡しなければ。男は逸《はや》る気持ちに、足を急がせた。

　畑傍の雑木林に向かい、受刑者を護送するために造られた船着き場へと繋がる階段を降りる。問題は警邏隊の詰め所にどう向かうか、だ。

「ふふっ、まずは騒ぎでも起こそうかな」

詰め所に侵入するためには、警備の兵士が邪魔だ。街中で騒ぎが起きても、まさか警邏隊の本拠地が狙いだとは誰も思わないだろう。現場に人が集まれば、それだけ手薄になるというもの。

「今は誰が隊長なのかなぁ」

新しく誰かが配属になったのか、それともホドロフの副官だったララファがそのまま隊長の座に就いたか。

男は久し振りに眼にする海を眺めながら、上機嫌に口笛を吹いた。


面倒なことになった。第一監房棟の責任者であるヒル・コルトバは、唇を嚙み締めながら所長室へと急いでいた。

コルトバはサライ人にしては小柄で、風貌《ふうぼう》も優しげだ。走っているうちに乱れてしまった髪には、年齢のせいか白いものがちらほらと混じっている。

「所長！」

ノックもせずに扉を開ければ、執務机に向かっていたゼータが書類から顔を上げた。今日は男性の気分だったらしい。胸元は真っ平らで、きっちりと着込まれている軍服は丸めて置いていたのかところどころ皺《しわ》になっている。

副官がいればもう少しましな外見になるのだが、生憎と今は本土に里帰り中だ。

「緊急の事態です」

「なんだ、奥方に逃げられたか」

「冗談を言ってる場合ではありません。第一のアレクシス・ホドロフが脱獄しました」

ゼータの眼がぎらりと光った。しかし、すぐに動こうとはせず、万年筆をくるりと指先で回す。

「外部から手助けがあったのか？」

「詳細はまだわかっておりません。担当者はアバルカス少尉とミラン一等兵。ホドロフが具合が悪いと訴え、ミラン一等兵はアバルカス少尉に命じられ軍医を呼びに持ち場を離れたそうです。軍医を伴って戻ってきた時には、ホドロフの姿はありませんでした。肝心のアバルカス少尉は、混乱しているため脱獄の経緯《いきさつ》ははっきりとしません――私の失態です」

「責任の有無は、今の段階で問題にすることではない」

「……はい」

「しかし、なぜ〝今〟だったんだ？」

ゼータは思案げに呟いた。コルトバも幾ばくか冷静になった頭で考える。

定期船がグルア監獄島に来るのは、まだ先のことだ。今、脱獄したとしても、本土へ逃れる手段があるとは思えない。逃げたところですぐに捕まるのがおちだ。

「それにこの三年間、奴のためにわざと第一の軍紀を緩めてやったのに、こちらの誘いにはちっとも乗らなかった」

三年前の事件から、アレクシス・ホドロフはゼータの中で要注意人物になっていた。真意を探るために、ゼータ自ら拷問を行ったこともある。

無駄だとわかってからは、第一の軍紀をわざと緩め、兵士たちの受刑者への差し入れに眼を瞑《つむ》る振りをした。ホドロフが担当の兵士を利用し、外部と連絡を取り合うことを期待してのことである。

しかし、引っ掛かるのはどれもホドロフ以外の受刑者ばかりで、本人はただ、独居房の中から無実を訴え続けるだけだった。

「もっとも、奴は常に脱走しようと足掻いていた。あれが演技で、腹の中では虎視眈々《たんたん》と機会を窺っていた可能性もある」

「そうですね。ただ、協力者なしには脱出は不可能だと思えますが」

「もしも、奴が――の子供だというなら、可能だろうな」

「え？」

コルトバが聞き直そうとした時、扉越しに慌ただしい足音が響く。騒ぎの報告を受けた責任者たちもやってきたようだ。

「入るぞ」

先頭を切って現れたのはラケールだ。緊急事態ということから、いつもの敬語が取れてしまっている。

「貴様、所長に向かってなんだその態度は！」

その後ろからやって来たのは、第四監房棟責任者、ベジャール・アリアガ少佐だった。ラケールとそう体格の変わらない大柄な女性で、髪もかなり短めだ。気の強そうな切れ長の瞳が、ラケールを憎々しげに睨みつけている。

今年で三十五歳になる彼女は、自他ともに認める所長の信奉者《しんぽうしゃ》だ。なんでも歓迎会代わりの模擬訓練でゼータに完敗して以来、この人こそが自分の目標とすべき存在だと確信したそうだ。

「ちょっと退《ど》いてくださいよ。僕が入れないじゃないですか」

弱々しげな声をあげながら二人の後ろから姿を見せたのは、第二監房棟責任者のトゥリ・ファリノス大尉だった。

背はコルトバと変わらないが、体の厚みはその半分しかないのでは、と思うほど痩せ細っている。顔も青白く、今にでも倒れてしまいそうなほど病弱な印象だ。

事実、ファリノスはよく軍人になれたと驚くほど体が弱い。ちょっと寒くなっただけで体調を崩し、ちょっと暑くなっただけで体調を崩す。医務室で暮らしていた方がいいのでは、と兵士たちに裏で揶揄されている。

「やっと来たか。話は聞いてるな？」

「アレクシス・ホドロフが脱獄したんだってな」

ラケールの言葉に、他の二人も頷いた。そこまでは情報が回っているようだ。

「コルトバ。ホドロフの特徴を説明しろ」

「まず、収監された当時から比べると、かなり痩せています。顔も変わっていて、ホドロフを知っていても一見してすぐに気付く者は少ないでしょう。髪の長さは背中まで。それとホドロフは脱獄の際、兵士から軍服を奪っています。囚人服ではなく、軍服に着替えて移動していると思ってください。武器の所持はありません。警棒は玄関に残されていました。念のため保管されている小銃を確認させましたが、数は減っていませんでした」

わかっていることを報告すると、ここでようやくゼータが立ち上がった。そして、所長室に並んだ各監房棟の責任者を睥睨《へいげい》する。

「話は簡単だ。逃げたのなら捕まえればいい。コルトバは大至急、警邏隊に連絡しろ。脱獄犯はこちらで捕まえるので、お前らは街の警備に専念していろ、とな」

「脱獄犯は、彼らの元隊長ですよ？　たぶんむりだと思いますが」

「なら、好きにするだろう」

あくまでもゼータは、警邏隊と合同で脱獄犯の捜索には当たらないつもりのようだ。

「それが終わったら、コルトバ、ラケール、アリアガはそれぞれの監房棟から人数を集めろ。ファリノスには監獄の警備を任せる」

一呼吸置いて、ゼータは告げた。

「指揮は私が執《と》る。アレクシス・ホドロフは殺さずに捕らえろ」

奴には訊きたいことがある、とゼータは感情の削げ落ちたような声で告げた。

第四章

寮に戻って私服に着替えたクロラは、街へと向かった。今日の目的は、〝シエロ〟という店で働く伝達役との接触だ。

名前は〝レイラ〟。店に足を運んだのは一度きりで、一ヶ月と半分が過ぎた今でも顔を合わせられずにいる。

坂を下りて、噴水広場の周囲を散策する振りをしながら目的の場所へ向かう。シエロは赤い屋根が目印の、女性向けの小さな雑貨屋だ。手作りの小物や可愛らしい食器をはじめとする、生活雑貨などが売られている。男が一人で入るには、かなりの勇気が必要な店だ。

近くまで来ると、箒《ほうき》で店の前を掃除している店員の姿があった。深緑のワンピースに真っ白なエプロンを着けた女性店員は、鼻歌を口ずさみながら軽快な動作で箒を動かしている。掃除しているというよりは、ゴミを広範囲に散らかしているようだ。

「よりによってあいつが〝レイラ〟かよ……」

クロラは足を止め、思わず天を仰いだ。これ以外の人選はなかったのか、とディエゴに問いたい気分だ。

しかたなく店に近付けば、クロラに気付いたレイラがさりげなさを装って辺りを見回す。人気がないことを確認して、箒の先で店の脇にある路地裏を指し示した。そっちに行けということなのだろう。

両脇を真っ白な塀で覆われた路地裏で待っていると、しばらくして先ほどの店員が足早にやってきた。

「お待たせ。休憩を貰《もら》ってきたわ」

十六歳くらいに見えるが、実際はそこに二歳上乗せされる。二つに分けた髪を三つ編みにして、ワンピースに合わせて同系色のリボンを結んでいた。

「来て。こっちにいい場所があるのよ」

そう言って案内されたのは、細い路を進んだところにある空き地だった。位置的にはちょうど店の裏手になる。勾配のある場所で、ちょっとした段丘になっている。眼下には民家の屋根が見えた。

小さな空き地となっている場所には、フィナの花が植えられていた。蕾《つぼみ》をつけてから花が咲くまで、一ヶ月以上も掛かる珍しい植物だ。

「……ミシェイラ。お前、なんでこんなところにいるんだよ」

溜息と共に告げれば、小生意気そうな顔つきをしたレイラ――ミシェイラ・カーロはむっとしたように眉を寄せた。

「なによ、私が伝達役なのがそんなに不満なの?」

「すっごく不満」

「なっ、自分の弟子に対してそういうこと言わないでよ!」

クロラはディエゴの指示で、二年前、当時十六歳だった彼女に密偵の基本を叩き込んだ。そして、一年後、彼女はミシェイラ・カーロの名で軍に入隊。今は第六連隊第十部隊に一等兵として所属している。

「お前さ、地方で別の任務に就いてたはずだよな。そっちはどうなったんだ?」

クロラの記憶が正しければ、レイラは昨年の秋から一年間の予定で、とある街の民間企業に潜り込んでいたはずだ。軍需品を扱っている会社なのだが、担当者と結託し納品数を誤魔化しているという密告がもたらされた。

調べてみたところ、それは五年も前から行われていたらしい。軍の担当者の他に黒幕がいるのではないか、ということで第十部隊に任務が回ってきたのだ。

それがなぜ、グルア監獄島で伝達役をしているのか。

「もちろん、完遂《かんすい》よ」

得意げに胸を張るレイラに、クロラは眉を寄せる。

一年という期限は、多少の余裕をもって設定されたものだが、半年と掛からずに終わるというのはあまりにも早過ぎる。むろん、レイラが伝達役としてここにいるということは、任務自体は成功だったのだろう。

しかし、その裏ではぎりぎりの綱渡りや、危険すれすれの無謀《むぼう》な行動があったに違いない。

「何度も言ってるが、少しは慎重さを覚えろ。今回はたまたま成功したが、次も上手くいくとは限らないんだぞ」

「なによ、成功したんだからいいじゃない。それにあの程度の任務に、時間なんて掛けていられないわ」

クロラは内心で溜息をついた。レイラは本人が自負するように密偵として有能だった。記憶力もずば抜けていて、臨機応変な態度も眼を瞠るものがある。だが、己の力を過信するという欠点があった。

そもそも新人に回される仕事は、それ相応のものと決まっている。ディエゴもいきなり面倒な任務は言い渡さない。……いや、自分の初任務は極悪な犯罪組織の内偵だった。あの時は毎日、生傷が絶えなかったものだ。

話は逸《そ》れたが、レイラに任された潜入調査は彼女でなくとも、密偵としての修練を積めば充分に務まる内容のものだった。だからこそ、レイラもより短時間で成果をあげることに拘ったのだろう。

「店では上手くやれてるんだろうな？」

「当然じゃない。私は店主の親戚の娘ってことになってるわ」

「店主はこっちの事情を知ってるのか？」

「知らないわ。私のことは本当に親戚の娘だって信じてる。協力者は、その親戚の方よ。私は街の裕福な商人の息子に言い寄られていて、そいつから逃げるために店主を頼ったって筋書きなの」

話を聞く限りでは、ぼろを出さずに上手くやっているようだ。

「それならいい。本題に入るが、三年前にグルア監獄島で起こった事件についてなにか知ってるか？」

クロラの問いに、レイラは得意げな笑みを浮かべた。

「もちろん。抜かりはないわ」

伝達役には、受け取った報告書をディエゴへ送ることだけでなく、潜入捜査中の隊員の後方支援も課せられている。

特に今のように身動きが取り辛い状況では、レイラのような存在はありがたかった……彼女が無謀を絵に描いたような人物でなければ、もっとよかった。

「今回は事前調査を禁じられてるんでしょ？　だから必要だと思われる情報は集めておいたわ。隊長からも、一ヶ月経ったら師匠に教えていいって言われてるし」

今回の任務は急だったということもあるが、ゼータに不審を感じさせないために、クロラはグルア監獄に関する情報収集を禁じられていた。それくらい徹底して挑まねばならない相手だとディエゴは判断している。

そして、クロラも直接ゼータと会い、その印象を強くした。迂闊《うかつ》な行動はこちらの足を掬《すく》われかねない。半年でどこまで探れるか。ここまで自信のない任務も久し振りだ。

「ほどほどにしとけよ」

いくらグルア監獄と直接関係がないとはいえ、過ぎた行動はゼータに気付かれてしまう恐れがある。背後関係を吐かせるためなら、レイラを捕らえて拷問くらいはする。

「伝達役だってことを忘れるなよ」

「わかってますー。それよりも、三年前の話を知りたいんでしょ」

「ああ」

頷くと、レイラは待ってましたとばかりに集めた情報を語り出した。

ことの始まりは、三年前の四月頃だった。監獄に勤務して七年目となる、サエラ少尉三十四歳が突如として行方不明になった。しかし、島中を捜索しても手掛かり一つ見つからず、脱走兵として処理された。

二人目の行方不明者が出たのは、それから二月後のことで、同じく監獄に勤務して八年目になるドラード中尉が、またしても忽然《こつぜん》と姿を消したのだ。こちらも一切の手掛かりが見つからなかったことから、脱走兵として処理された。

三人目が出たのは、それから一月も経たない七月の半ばだった。監獄に勤務して六年目のディアス曹長が行方知れずとなった。

他の二件同様、おかしなほど手掛かりは見つからなかった。あまりにも異常な状況ではあったが、こちらもやはり脱走兵として処理された。

事件が急展開したのは、八月に入ってから。二番目の脱走兵、ドラード中尉の遺体が海沿いの洞窟《どうくつ》から発見されたのだ。遺体には明らかに他殺と思える外傷が残されていた。

決定的な証拠となったのは、遺体が握っていた警邏隊隊長の袖章だった。

「遺体は海に捨てられた直後、波に押されて洞窟に打ち上げられたみたいなの。涼しい場所だったから、腐敗はそんなに進んでなかったそうよ」

「入り江から奥まったところにある洞窟なのに、よく見つかったな」

「監獄の兵士が偶然、崖から吊るされてた時に見つけたらしいんだけど……どうして吊るされてたのかしらね？」

どうやらその兵士は、ゼータによるお仕置き中に第一発見者となってしまったようだ。クロラは乾いた笑みを浮かべながら、先を促した。

「当時の警邏隊隊長、アレクシス・ホドロフ少佐が怪しいってことで、隊長室や彼の自宅に捜査の手が入ったの。そしたら、警邏隊が調べて監獄に提出した脱走兵の捜査資料が、捜査に当たった隊員たちの証言と食い違っていたそうよ。隊長自ら有力な情報を揉み消していたから、まったく手掛かりなしってことになってたみたい」

「監獄側も独自に捜索しなかったのか？」

「警邏隊に任せてほしい、ってホドロフが主張したらしいわ。実際、街を知り尽くしているのは警邏隊の方だから、所長さんも同意したみたい。その時点では、ホドロフが怪しいってことまではわからなかったんじゃないかしら」

クロラの脳裏を疑問が過る。あのゼータが警邏隊任せにするだろうか。むしろ監獄の問題に警邏隊が首を突っ込むな、とでも言いそうなものだが。

「でも、あまりにも証拠が集まらないものだから、不審に思ってたところ、例の遺体が発見されたってわけ」

「それは、本人の自供がなくても黒って判断されそうだな」

「ホドロフは無実を訴えたわ。自分はやってない。なによりグルア監獄の兵士を殺害する動機がないって。でも、師匠が言ったように証拠は揃ってて、知らぬ存ぜぬの一点張りはさすがに認められなかった。裁判が行われ、ホドロフは結局、一件の殺人罪と、情報の隠蔽による罪でグルア監獄に収監されたってわけ」

レイラの説明にクロラは眉を寄せた。

「他の二件について罪に問われなかったのか？　どう見ても、ホドロフの関与は濃厚だろ」

「遺体が出なかったっていうのが大きかったみたい。それに、軍の上層部は一連の事件を大事にしたくなかったのか、他の二件はあくまでも脱走兵として処理したそうよ」

軍としては、必要以上にグルア監獄に注目を集めたくなかったのかもしれない。グルア監獄への不明瞭な軍事費の流れを、気付かれるわけにはいかなかったのだから。

「マリオ・カルレラが収監されたわけは？」

「三番目のディアス曹長とは同期で、親友だったそうよ。しかもディアス曹長は行方不明になる前の年に結婚したばかりで、奥さんはホドロフの判決が出たあとに自殺してる。……精神的に参ってたみたい。マリオ・カルレラは親友と奥さんのことで、元上官のホドロフを恨んでいたそうよ」

「そりゃ、恨まずにはいられないな」

脱走兵の家族は、肩身の狭い思いをして生きることになる。いくら他殺の疑いが濃厚だとはいえ、裁判で正式な判決が出てしまえばお終いだ。脱走兵の疑いは晴れず、名誉を回復することもできない。

「カルレラはホドロフがグルア監獄に収監されたあと、監房棟に侵入したの。警邏隊だったから、敷地内までは怪しまれることなく入れたみたいよ。事前に監房棟の構造も調べていたようなんだけど、ホドロフの独居房まであと少しってところで捕まった。その際に応戦した監獄側の兵士が大怪我を負って、傷害と不法侵入で有罪判決を受け、グルア監獄に送られたそうよ」

「なるほどね……」

カルレラはまだ復讐を諦めてはいないようだ。ホドロフの様子に探りを入れるなど、虎視眈々と機会を窺っているように思える。

「被害者たちとホドロフの関係は？」

「互いに名前と顔くらいは知っている、っていう程度かしら。三年前も今と変わらず、警邏隊とグルア監獄の兵士は仲が悪かったけど、むしろ警邏隊の隊長は暴走しがちな部下を抑える側だったの。だから結局、動機もわからず終いだったみたいよ」

「被害者たちの共通点は、勤続六年以上ってだけか」

「あ、それと三人とも所属場所が同じだったそうよ。本館で事務職に就いてたらしいわ」

偶然と考えるには、少しばかり気になる符合だ。

ホドロフの犯行動機が不明という点も引っ掛かる。

「それはそうと、師匠の方はどうなのよ。なにかわかったの?」

「そんなに早くわかってたまるか」

「えー、早く隊長に、新情報をお知らせしたいのにー」

レイラは不満げに口を尖《とが》らせた。その様子にクロラの脳裏を不吉な考えが過る。

「お前、まさか自分もグルア監獄について調べようと思ってるんじゃないだろうな」

「そんなことないわよ」

しかし、否定するレイラの眼は明らかに泳いでいる。この弟子は、親しい間柄《あいだがら》の人間には嘘をつけないという癖があった。手柄をあげることに貪欲《どんよく》なレイラが、大人しく伝達役に収まっているとも思えない。

「俺はお前に、本来の職務の逸脱ほど危険なものはない、って教えたよな」

「……はい」

「雑貨屋の店員は伝達役には適した身分だが、密偵をするには不充分だ」

新兵として潜入したクロラですら、行動には細心の注意を払っている。それなのに、世間慣れしてなさそうな小娘がうろちょろすれば、弥《いや》が上にも目立ってしまう。場合によってはクロラにも危険が及ぶ可能性だってあるのだ。

「もう一回、俺の元で教育を受け直したいのか?」

笑顔で凄めば、ものすごい勢いで首が左右に振られた。これだけ念を入れて忠告しておけば、レイラも暴走はしないだろう……たぶん。

「隊長から連絡はあったか?」

「ないわ。海鳥亭《うみどりてい》にきた船乗りさんたちにもそれとなく話を向けてみたけど、箝口令が敷かれてるみたいね。船長さんが眼を光らせてて、酔っ払ったなーと思うと、他の船員さんに命令して連れて行っちゃうの」

「……ちょっと待て。酒場でなにしてるんだ？」

「お皿洗いよ。人手が足りなくなるとお呼びが掛かるの。あそこって、うちの店長の妹さんが経営してるとこだから。私はお酒を注いで回ったりはしないわよ。カウンターに座る人と、食器を片付ける時におしゃべりするだけよ」

確かに、酒場は情報を集めるには最適の場所だが、海鳥亭は監獄の兵士たちも足繁《あししげ》く通う酒場だ。疑われるような素振りを見せていないか、不安でしかたない。

クロラがレイラと関わったのは、彼女がもっとも荒れている時だ。周りの者はすべて敵。密偵になった理由は、少しだけクロラと似ていた。

だからこそ、余計に親身になってしまう。本人には口が裂けても言えないが、手の掛かる妹のような存在だ。

「監獄の兵士とは必要以上に関わるなよ」

「わかってるわよ。あ、でもやたらと声を掛けてくる人がいるのよね。お客さんだからあんまり邪険にもできないし。お皿洗いじゃなくて、姐《ねえ》さんたちを口説けばいいのに。名前は確か……ブラトって言ってたわ」

「よし、わかった」

「なにがわかったの？」

レイラは不思議そうに首を傾げる。ブラトには他所《よそ》から聞きつけたことにして、バシュレの耳に入れれば誤解されるんじゃないんですか、と助言すれば少しは大人しくなるだろう。過保護になるつもりはないが、レイラの情報収集の邪魔になるようであれば排除しなくては。

「用件はそれだけだ」

「次まで調べておくことはある？」

「警邏隊隊長、ララファ・クライシュナについて。理由はわからないが、どうも眼をつけられているらしい。彼女がどこまで監獄の謎に関わっているのかも気になる」

「その人って、隊長の妹さんなのよね？」

「お前は、なにか聞いたか？」

レイラは不満げに首を左右に振った。

「名前を聞いて初めて知ったわ。一瞬、お仲間かと思ったわよ」

しかし、ララファがディエゴの命令でグルア監獄島の警邏隊に所属しているとは思えない。そうであれば、事前にディエゴからララファについて話があったはずだ。どうせ名前を聞けばすぐにわかるのだから、妹が警邏隊に所属していると一言くらいはほしかった。

「ララファ・クライシュナの立ち位置がわからない状況で、あれこれ判断するのは危険だ。隊長の妹ってことは、切り離して考えろ」

「いちいち言われなくても、わかっているわよ」

レイラの、人の忠告を素直に聞き入れない態度は相変わらずだ。不安だから念押ししているんだ、と言いたいが火に油を注ぎかねない。せめて、短気な性格を直せれば、密偵として一段階成長できるのだが。

「それに、隊長の妹でもある彼女が、なぜ軍人の墓場なんかに送られたのかも気になる」

「うわぁ、面倒。現隊長さんについては、みんな口が堅いのよねぇ。自慢話は嫌ってほど聞かされるけど」

ここに配属されること自体が醜聞《しゅうぶん》のようなものだ。尊敬する相手の過去を、あれこれ吹聴する者はいないだろう。そこを不審がられないように聞き出すのがレイラの役目だ。

「あとは、アレクシス・ホドロフについてわかる範囲で調べてほしい。できれば、なぜグルア監獄島に配属されたのか、その経緯も」

「了解。どっちも警邏隊関係ね。あそこの人たちはお酒が入ると口が軽くなるから助かってるんだけど、泣き上戸ばっかりで面倒なのよね」

酒場には絶対に近付かないようにしよう、とクロラが密《ひそ》かに誓った時だった。不意に、既視感のある視線を感じた。

振り向きたい気持ちを堪え、いかに相手に疑問を与えずにこの場から立ち去れるかを考える。適当に道を訊ねていた振りをするか、それとも友人同士を装うか——。

「そこにいるのは誰！」

結論を出す前に、レイラが弾丸のように駆け出した。尾行された場合、絶対にこちらが気付いたことに気付かせてはならない、と口が酸っぱくなるほど教えたのに。

あの馬鹿娘は。思わず脱力しそうになる体をむりに保って、クロラはレイラを追った。

「捕まえたっ」

レイラは表通りに出る前に、視線の主を捕まえてしまった。響いてきた声に、クロラは頬を引き攣らせる。

「さあ、覗き見していた理由を言いなさいよ！」

面倒事にならなければいいが。溜息を堪えながら向かった先で、クロラはレイラと揉めている相手に思わず言葉を失った。

レイラに足止めされ、固い表情でこちらを見ていたのは警邏隊隊長、ララファ・クライシュナだった。


はぁ、とバシュレは水浸しになった畑を眺め、溜息をついた。

憂鬱な理由は、日に日に増えていく始末書の束にあった。もう今月の給料は期待できない。寮や食事代を差っ引いた分すべてが、そのまま修繕費に回されてしまうはずだ。このままでは来月分にも影響を及ぼしかねない状況だった。

まるで以前の自分に戻ってしまったかのようだ。失敗続きの毎日。第三監房棟に配属されてから、少しずつ仕事が楽しいと思えるようになってきたところだったのに。

原因は、いつも傍にいてくれる同僚が、第一監房棟に応援で駆り出されてしまったことだ。彼に助けてもらってばかりいる自覚があったバシュレは、一人でも大丈夫だということを見せるために、いつも以上に頑張ったつもりだった。

だが、結果は惨敗。受刑者たちに怪我をさせることがなかったのはせめてもの救いだが、第三監房棟一階はたった数日間で見るも無惨な有様になってしまった。

修繕を禁止されているのも辛い。曲がってしまった鉄格子くらいなら自分でも直せると思うのだが、ラケールに「いいか、リルが戻ったら直させるから絶対に手を出すなよ。絶対にだぞ」と念を押されてしまった。

打ち解けたと思った受刑者たちからも、遠巻きにされている。傍にいるとうっかり怪我をさせてしまいかねないため、それはそれでありがたくはあると思ってしまうところが、また辛い。

「はぁ……」

ここ数日で、癖のようになってしまった重苦しい溜息が漏れる。

落ち込むことが負の連鎖《れんさ》に繋がると頭ではわかっているが、どうすれば気持ちを切り替えられるかがわからない。今までできていたことすら、満足にできないのだ。あまりにも無能な自分が、自分で嫌になる。

「なんだ、元気ないな」

「カルレラさん」

顔を上げると、すぐ傍に案山子の頭を持ったカルレラが立っていた。目玉代わりの黒い貝殻に見つめられ、思わず罪悪感が疼《うず》く。

「藁《わら》が足りなかったから不格好だが、首なしよりはましだろ」

「う……すみません」

「看守が受刑者に謝ってどうするんだよ。つけ上がられるぞ」

だが、迷惑を掛けたのは事実だ。どんな相手であれ、自分に非がある場合は素直に頭を下げろと、バシュレは父から教わってきた。たとえ相手が受刑者であっても、それは変わらない。

「でも、カルレラさんにはいっぱい迷惑を掛けたから」

クロラの代わりに入った同僚は、ニコル・ラビットという二十代後半の男性だった。階級もバシュレと同じ一等兵である。陽気な性格で、彼ならば必要以上に緊張することなく接せられるのではと希望を抱いた。

しかし、はじめは「大丈夫だって。次、頑張ろうぜ」と励ましてくれたラビットも、度重なる失敗に顔を引き攣らせ、案山子の首が落下した時は悲鳴をあげて尻餅をついていた。

それからは、まるで化け物でも見るかのような眼差しで近寄ってはくれなくなった。話し掛ければ返事はあるので、完全に避けられていないだけましだと自分に言い聞かせている。

そんな完全に腰の引けたラビットの代わりに、バシュレを助けてくれたのがカルレラである。正直、彼が助けてくれなければ、バシュレは混乱したまま被害を拡大させていただろう。

「カルレラさんがいなかったら、来月のお給料も危うかったと思います」

「妙な感謝のされ方だな」

「うっ、いいじゃないですか」

軽く睨むと、カルレラは笑いながら案山子の頭を胴体に嵌《は》め込《こ》んだ。

「畑の方もだいぶ元通りになったな」

「はい」

昨夜の地面に叩きつけるような豪雨のせいで、せっかく芽吹いたばかりの苗が流されてしまったのだ。それはどの畑も同じだったようで、修繕に精を出している受刑者たちの姿が見える。

「ただ、苗は植え直ししても半分くらいは枯れてしまうと思います。長い時間、水に浸かってたから……」

だからといって、水に浸かった苗を捨てて、新しいものを購入するには予算が足りない。申請しても許可が下りるかどうか。現状でなんとかするか、街で苗を分けてもらってこい、で済まされるかのどちらかだ。

「まあ、そういうこともあるさ。半分は残ったんだって考えようぜ」

カルレラの大きな手が、バシュレの頭を励ますように撫でる。

バシュレがどんな失敗をしても、カルレラは怯えることなく普通に接してきた。今も落ち込んでいた自分に、話し掛けてくれた。ただそれだけで、温かな気持ちになる。

「もう、子供扱いしないでください！」

気恥ずかしさを誤魔化すように声をあげた時だった。こちらに向かってきた一人の兵士が、植え直し作業を手伝っていたラビットに駆け寄った。その表情は、硬く強張っている。

「——そんな、——な」

「だから——すぐに——」

距離があるせいか、あまりよく聞き取れない。ただならぬ空気に、受刑者たちも手を止めて二人を注目しはじめた。

「あの、なにかあったんですか？」

慌てて駆け寄ると、顔を真っ青にしたラビットがバシュレを振り返った。

「第一の、ホドロフが脱獄した！」

脱獄。その言葉に、バシュレは体を強張らせる。頭が混乱するが、こういう時こそしっかりしなくてはいけない、と自分に言い聞かせた。

「刑務作業を中止しましょう。受刑者たちを房に戻して、ええと、それから……」

「招集が掛かってる。すぐに集まれって」

「わかりました」

報《しら》せを持ってきた兵士は、まだ行くところがあるのだろう。「急げよ！」という言葉を残して、足早に去って行った。

「みなさん、緊急の事態です。作業を中止してください。監房棟に戻ります！」

バシュレたちのただならぬ様子に、受刑者たちは文句を言うことなく集まってきた。畑はまだ修復途中だが、今はそれどころではない。一刻も早く受刑者を中に入れ、ラケールの元へ向かわなければ。

「あれ？」

不意に、バシュレの脳裏をなにかが過った。とても重要な、なにか。

――アレクシス・ホドロフ。

第一で働いていた期間は短い。三ヶ月も経たないうちに、厄介払《やっかいばら》いとでもいうように第三へ回されてしまった。正直、名前を覚えている受刑者は数えるほどだ。だが、ホドロフの名前だけはよく覚えている。

はじめて彼と顔を合わせた日、いきなり無実を訴えられた。助けてくれ、と必死に。初対面の相手にはいつもそう言うのだと同僚が教えてくれ、聞き流せと忠告を受けた。

二度目にその名前を聞いたのは、第三に異動となった時だ。ラケールから、受刑者にアレクシス・ホドロフのことを訊かれても、なにも答えるなと強い口調で告げられた。

第三には、ホドロフを憎み、復讐のために監獄に忍び込んだところを捕らえられた、元警邏隊の隊員が服役している、と。

その受刑者の名前は――。

「カルレラさん？」

集まってきた受刑者の中に、あるべき人の姿が見当たらない。バシュレの全身から血の気が引いた。ラビットは大声で、「第一の、ホドロフが脱獄した！」と叫んでいなかったか。もし、それを彼が聞いていたとしたら。

「カルレラ受刑者！　返事をしなさい！」

ここでラビットも異変に気付いたようだった。焦りを滲ませた顔つきで、受刑者の人数を確認している。そんなことをしなくても、バシュレには最悪の事態が起きたのだとわかっていた。

「カルレラさん！」

雑木林に向かって怒鳴る。返答はない。当然だ。これで彼が戻って来るようであれば、大人しく監房棟に戻る受刑者たちの中にいたはずだ。

「ラビットさん、受刑者を中に。私は……私は、ラケール大尉に報せに行きます」

「わ、わかった」

バシュレは走り出した。監房棟を迂回する時間も、ラケールを捜す時間も惜しい。辺りを見回せば、ちょうどいい位置に案山子があった。

「ごめんね」

修理されたばかりの案山子の頭を踏み台に、跳《ちょう》躍《やく》する。バキッ、と足下でなにかが折れる音が響いた。伸ばした手で監房棟の屋根を摑むと、そのまま腕の力だけで体を引っ張り上げる。

「よしっ」

バシュレは屋根の上を走り出した。これなら最短距離で第三監房棟の出入口に向かえるし、高い場所からならラケールがどこにいるのか一目で見つけることもできる。人を集めているのなら、きっと外にいるはずだ。

「駄目だよ。駄目だよ、カルレラさん……！」

バシュレは唇を嚙み締めた。すぐに屋根の終わりが来る。表には、すでに何人かが集まっているようだった。その中に、見慣れた金色の髪を見つける。

「ラケール大尉！」

叫びながら、バシュレは屋根を蹴った。手を伸ばせば摑めるのではと思うくらい、空が近い。実質、三階の高さから飛び降りたようなものだが、バシュレは難なく着地に成功した。多少、足の裏に痺《しび》れが走った、その程度だった。

「……おい、バシュレ。あんまりおじさんを驚かさんでくれ。刺激が強すぎて、心臓が止まるかと思ったぞ」

周囲には、ラケールの他に第三監房棟に勤務する兵士たちの姿があった。第一、第二の玄関先でも人が集まっている。バシュレは乱れた息を整えるのももどかしく、大声を張り上げた。

「マリオ・カルレラが脱獄しました！」

ラケールの顔が、苦いものを含んだかのように歪められる。

「ホドロフのことを知られたのか？」

「はい。申しわけ、ありません」

バシュレは自分を責めた。ホドロフの名前を聞いた時に、ラケールから受けた忠告を思い出すべきだった。カルレラから眼を離さなければ、もしくは拘束していれば防げた事態だ。

「あー、俺の責任でもある。そうか。カルレラのことを忘れてたな」

苛立たしげに頭を掻いたラケールの背後から、ゆったりとした足取りで近付く人物がいた。ゼータだ。

「マリオ・カルレラも脱獄した？」

「はい！」

バシュレは反射的に姿勢を正していた。ゼータの全身から、殺気が立ち上っている。自分に向けられているわけでもないのに肌が粟立《あわだ》った。

「集合！」

ゼータが大声をあげる。数秒と掛からずに、各監房棟の者たちが駆け足で集まってきた。それを睥睨しながらゼータが口を開く。

「全員に、小銃の携帯を許可する。アレクシス・ホドロフは生け捕りにしろ。絶対に殺すな」

ゼータはバシュレを見た。感情の欠落したような眼だ。怖い。この人は、怖い。人に命じ慣れている眼だ。

「脱獄犯がもう一人いる。マリオ・カルレラだ。そちらも大人しく捕まってはくれないだろう。抵抗された場合は――殺せ」

告げられた言葉が、バシュレの胸を抉《えぐ》った。渡された小銃の重みが、堪らなく恐ろしかった。

第五章

　やってくれたなこの馬鹿弟子が、とクロラは額を押さえた。

　それと同時に、警邏隊の隊長室にあった自分の写真が脳裏を過る。やはりララファは、クロラに対しなんらかの疑念を抱いていたのだ。

　問題はここをどう誤魔化して乗り切るか、である。

「なんとか言いなさいよ！」

　とりあえず、レイラをなんとかしなければならない。クロラはレイラの肩を叩いて、振り向いたところに笑みを浮かべて見せた。ここでようやく、ことの重大さに気付いた少女は、顔を真っ青にした。

「僕の友人が申しわけありませんでした」

　クロラとレイラは同年代。友人とするのが無難だ。恋人同士という手もあるが、そこまで近付き過ぎると問題がある。レイラまで眼をつけられるわけにはいかない。

「……いや。うら若い女性が見覚えのある軍人と暗がりに入って行くのを見てな。念のためあとを追ってみたが、どうやら杞憂《きゆう》だったらしい。疑ってすまなかった」

　しかし、謝罪しているわりには、クロラを睨みつける眼光は衰えることがない。剝き出しの敵意に、さすがのクロラも頬が引き攣りそうになった。恨まれるような覚えはないのだが、もしかして監獄の人間というだけで気に食わないのだろうか。

「え、そうだったんですか。私の方こそすみません。覗き見されてるんじゃないかって、ついカッとなってしまって」

　レイラもララファの腕を放し、恥じらうように俯《うつむ》いた。よし、少し厳しいがむりのない流れだ。あとはいかに自然にこの場から立ち去るかが重要である。クロラは当たり障《さわ》りのない質問を口にした。

「クライシュナ隊長は巡回ですか？」

「……ああ」

よかった。無視はされないようだ。見たところ、街の治安は維持されている。普通ならば本土から眼の届かぬのをいいことに、任務の放棄《ほうき》や不正がまかり通っていそうなものだ。その影が一切感じられないのは、目の前の女性がきっちりと隊員たちの手綱を握り締めているからだろう。

「お疲れさまです。お仕事中にご迷惑を掛けてしまい申しわけありませんでした。以後、誤解を受けるような行動は慎みたいと思います」

「そうしてくれ」

クロラはさりげなくレイラに合図して、立ち去ることにした。幸いにも用件は済んでいる。あとはいつものように日用品を購入して監獄に戻ればいい。


では、と言って歩き出そうとすると、なにやら表が慌ただしいことに気付いた。ラララファも訝しげに眉を寄せている。

「なにかあったのかしら？」

「行ってみよう」

ラララファはすでに歩き出している。クロラもレイラを連れ、表通りに向かった。すると、通りでは数名の警邏隊員たちが、怒鳴り声をあげながら駆け回っている。

「あ、クライシュナ隊長！」

ラララファの姿を見つけた隊員が、安堵した表情を浮かべながら走り寄ってきた。

「何事だ」

「一大事です。隊長が脱獄……あ、いえ、アレクシス・ホドロフ受刑者が脱獄したとの連絡がっ」

隊員は三年前から警邏隊に所属していたのか、ホドロフのことを隊長、と呼び間違え、慌てて訂正する。

「なんだと？」

ララファの顔が驚愕《きょうがく》に歪んだ。近くで聞いていたクロラも絶句する。

「監獄側から連絡がありました。〝脱獄犯はこちらで捕まえる。警邏隊は街の治安維持に全力を尽くすように〟と」

「勝手なことを！」

手出し無用。それが監獄側の主張である。しかし、脱獄したのは警邏隊の元隊長だ。ララファたちも心中穏やかではないだろう。

「隊長」

「わかっている。住人への呼び掛けを優先しろ。家に戻って鍵を閉め待機させるように。手の空いた者から、二人一組で島内を巡回させろ。不審者を見つけたら、構わずに捕らえよ。監獄側に文句は言わせん。それも治安維持の一環だ」

「はっ！」

敬礼した隊員は指示を伝えるべく、砂埃《すなぼこり》をあげる勢いで走り去った。

「……クロラ・リル一等兵。君に訊きたいことがある。アレクシス・ホドロフを知っているか？」

「はい」

「では、今の彼の様子を教えてほしい。もしも三年前と変わりないのであれば、捕らえるのは至難の業だ」

軍人の墓場とはいえ、警邏隊の隊長に上り詰めた人物ならば実力はかなりのものとクロラは推測した。ララファもそれを危惧しているようだ。

「私感でよろしければ。ホドロフ受刑者は脱獄の恐れがあるため、通常の受刑者より行動が制限されていました。筋肉もかなり落ちた状態です。三年前の姿はわかりませんが、かなり様変わりしたと思われます」

ホドロフの手足は、枯れ木のように痩せ細っていた。実際に囚人服の下を確認したわけではないが、筋肉が残っているとは思えない。落ち窪んだ眼窩《がんか》や瘦《こ》けた頰は、彼の人相をがらりと変えてしまっただろう。

「……そうか」

ララファの顔が痛ましげに歪められた。かつては同じ警邏隊で肩を並べていた相手である。複雑な思いなのだろう。

「助かった。君も早く監獄に戻るといい。すでに捜索隊が編成されているはずだ」

「はい」

頷いて、クロラは隣で聞き耳を立てていたレイラに顔を向けた。その途端、やましいことでも考えていたかのように、レイラはびくっと肩を揺らした。

「脱獄者がうろついている恐れがあるから、レイラは家に戻った方がいい。しっかりと鍵を閉めて、絶対に外に出ちゃ駄目だよ」

馬鹿な真似は止せ、とクロラは暗に釘《くぎ》を刺した。レイラの場合、虎穴に入らずんば虎児を得ずとばかりに、騒ぎの渦中に飛び込んで行きかねない。どれだけ念を押しても、手柄を前に大人しくできるような性格ではないのだ。

「うっ……わかってるわよ」

「じゃあ、僕は戻るから」

レイラが店に入るのを確認して、クロラも歩き出した。ララファもそれに続く。方向が一緒なのか、ララファはクロラと肩を並べるようにして歩いていた。

「……あの」

「私は船着き場に用がある」

クロラが言う前に、ララファが即答した。グルア監獄島のくびれ部分に造られた船着き場には、数隻の小型船が停泊していた。

どれも漁業用の船で、とてもではないが本土まで走らせることはできない。ただ、脱獄犯がそれをわからないまま、もしくは破れかぶれになって漁船を奪う可能性もあった。

ララファはその形跡がないかどうか、確認しに行くつもりらしい。

「気を抜くな」

　ラフファは腰に差した細身のサーベルの柄に手をかけた。周囲を警戒しながら、心持ち足を速める。本当は今すぐにでも駆け出したいはずだ。

　しかし、相手が武器を所持している可能性を考えれば、無闇矢鱈《やたら》に突っ込むのは危険である。それをわかっているのだろう。

　街を出て、見晴らしのいい坂を登る。脱獄した場合、海を泳いで渡る以外には、必ずここを通らなければ街には辿り着けない。身を隠すためにも、まずは街へ逃れようとするはずだ。

　それは警邏隊も心得ているようで、街から監獄へと続く一本道には緊張気味の隊員が一人、見張りとして立っていた。さすがにそれ以上の人数は割けなかったようだ。

　隊員は、ラフファの姿に敬礼し、私服姿のクロラに首を捻る。なぜ子供が、と呟く声が聞こえた。ここで監獄の者です、と言ってはいらぬ波風を立てるので、知らぬ顔でラフファに続く。隊長が連れているからか、隊員は引き留める素振りを見せなかった。

　辺りに気を配りながら、クロラは内心でホドロフのことを考えていた。彼が脱獄したと聞いた時、己の耳を疑った。

　ホドロフは収監された当初、独居房から出る度に脱走を試みていたと聞く。そのため、他の受刑者よりも独居房から出る機会は少なかった。それだけ、脱獄の可能性も低いということだ。

　にもかかわらず、ホドロフは脱獄した。第一も第三同様、監房棟から外に出るためには各扉の鍵が必要となってくる。配膳室から独居房に食事を運ぶ時ですら、二箇所の鍵つきの扉があった。

　考えられるのは、協力者だ。グルア監獄の者がホドロフに手を貸せば、単独での脱獄とは比べものにならないくらいあっさりとことは進む。むろんそれを防止するため、基本的に監房棟内は二人一組での行動が義務づけられている。責任者が唯一の例外だ。そして、応援要請でもない限り、担当外の監房棟への出入りは禁止されている。

つまり第一に勤務していた者が怪しい――と、クロラはここまで考えて、思わず苦笑した。情報が少ない段階での推測は、あまり有効ではない。あれこれ考えてしまうのは、自分の悪い癖だ。

「――待て」

ララファの声が響いた。

止まったのは、ちょうど船着き場への分かれ道となっているところだ。険しい表情を浮かべたララファは、辺りを警戒するようにサーベルを抜いた。

「君はここで待て」

そう告げると、船着き場へ続く坂道をゆっくりと歩き出す。途中で茂《しげ》みの中に分け入ったかと思うと、片手に薄汚れた布を持って出てきた。見覚えのある色に、クロラは慌ててララファに駆け寄る。

「それは、囚人服です」

「誰のものかわかるか?」

「はい」

囚人服には洗濯の際にわからなくなってしまわないよう、裾に受刑者番号が刺繍《ししゅう》されている。ホドロフは一〇一二番。手渡されたそれには、確かに〝一〇一二〟の数字があった。

「ホドロフのものです。服を脱いだということは、代わりになるものをどこかで調達したのかもしれません」

それでも狭い島内だ。囚人服を着ていなくても、雑踏に紛れることはできない。そう掛からずに発見の報せがもたらされるだろう。

ララファは頷いて、船着き場を見渡した。クロラたちの心情とは裏腹に凪《な》いだ海面に、数隻の船が浮かんでいる。

「船の数も足りている。すでに街に入った可能性があるな」

「では、街に向かった方が」

「いや、念のためにこの辺りを捜索してから戻ることにする」

「僕もお手伝いします」

ララファが意外そうに眼を瞠った。むろん、打算込みの申し出だ。

「万が一、脱獄犯が潜んでいた場合、お一人では危険です」

「……私が、ホドロフを庇《かば》うとでも思ったか」

「は？」

予想外の言葉にクロラは首を捻った。ララファはすぐに己の勘違いに気付いたようだ。ばつの悪そうな顔で、「忘れてくれ」と呟いた。

「君が、配属になったばかりだということを失念していた」

「どういう意味でしょうか？」

「私がホドロフ……隊長の無実を信じているのは、監獄では有名な話だ。私を監視する意味で協力を申し出たのかと思った」

レイラからの情報で、ララファが警邏隊元隊長であるホドロフを慕っていたという話は知っていた。しかし、あれだけ証拠が揃っている状況で、なんの関与もなかったと今でも信じているというのか。ララファほどの人間が、情に絆《ほだ》され正常な判断を失うとは思えない。

「協力してくれるなら、ついて来てくれ」

「はい」

ララファに続き、クロラも坂を下りた。船着き場には小型の船が八隻、並んでいる。どれも風を操って走る帆船だ。定員は二、三人といったところか。これで本土まで逃げるのは厳しい。が、距離的には半日ほど。運に恵まれれば、不可能ではない。

「昨夜の大雨のおかげで、沖に出る船はなかったようだな。確認しやすくて助かる」

小船には雨よけの布が張られていた。その下に隠れていることも想定して捜索する。

「どういった方だったのですか？」

船を一隻ずつ確認しながら、クロラは本題を切り出した。上手くいけばホドロフのことを聞き出せるかもしれない。

「……なぜ、そんなことを訊く」

「僕は独居房の中のホドロフしか知りません。だから、警邏隊にいた時はどんな方だったのか、興味がありました」

下世話な好奇心ではないと感じたのか、ララファはぽつり、ぽつりと話し始めた。少しずつではあるが、警戒心も薄れているように思われる。もともと素直な性格なのかもしれない。

「芯《しん》の強い人だった。自分にも他人にも厳しくあったが、同時に優しくもあった。警邏隊に配属になったのは、私とほぼ同時期だったが、あの人は驚くほど早くこの島に馴染んだよ。ばらばらだった警邏隊を立て直し、隊員たちに前向きに生きるということを教えてくれた。私にとって、父親のようでもあり兄のようでもある人だった」

これは相当、ホドロフを慕っていたようだ。だからこそ、余計に有罪の判決が納得できなかったのだろう。

「あの人が無実だと言うのなら、私はそれを信じたい」

「証拠が揃っていても、ですか？」

ホドロフが揉み消した調書の中には、被害者が行方不明になった日、警邏隊隊長と一緒にいる姿を目撃した、というものもあった。無関係ならば、自らが被害者と会っていたことを公表したはずである。

ララファは真剣な眼差しでクロラを見た。

「私は、ホドロフ隊長が誰かに嵌められたのだと思っている」

「つまり、すべて捏造《ねつぞう》されたものだと？」

「ああ」

しかし、だ。何者かが報告書をホドロフを装って書き、その罪を擦《なす》りつけたとしても、聞き込みを行った警邏隊員らの口まで封じることはできない。ホドロフは実際に、失踪当日、被害者たちと会っていたのだ。

だが、本人はそれを否定した。会ってなどいない、と。偽造された報告書の通りに。

「ですが、そうなると犯人は別にいるということになりますね」

「………………」

ララファは口籠もった。監獄に所属しているクロラには聞かせられない相手。なるほど、監獄側の人間——所長であるゼータ辺りが怪しいと踏んでいるのか。

しかし、この推測には穴があった。被害者たちをわざわざ島で殺さなくても、理由をつけて本土に送ればあちらが処理してくれる。自らの手を汚す必要はない。ホドロフもわざわざ罠に掛けるよりは、やはり本土に送ってしまった方が簡単だ。ゼータの立場であればグルアに人の眼が向かないように抹殺する手配がいくらでも取れたはずだ。

もっとも、なにも知らないララファにここまでの推測は不可能だろうが。

「申しわけありません。お辛いことを訊いてしまって」

「気にするな。私も好きで話した」

首を振りながら、ララファは船の雨よけを剝がした。確認していないものはあと一隻。やはり街に逃げたのか。

「すまない。時間を取らせてしまったな」

「いえ、僕が申し出たことですから。お気になさらないでください」

最後の一隻に手を伸ばそうとしたクロラは異変を察知して、反射的にその場から飛び退《すさ》ろうとした。しかし、一歩遅く、伸びてきた手に腕を掴まれる。雨よけの布が勢いよく取り払われた。

「——クライシュナ副隊長。こいつの命が惜しかったら、サーベルを捨てるんだな」

クロラの首に魚を捌くための小型ナイフを突きつ

けたのは、カルレラだった。

「悪いな。船で逃げるホドロフを待っていたら、お前らが来ちまったんだよ」

「どうしてあなたまで脱獄してるんですか！」

クロラは腕を捻りあげられ、痛みに顔を顰めながら叫んだ。

「天はまだ俺を見放してなかったってことだ」

「馬鹿な真似は止せ。無実の隊長に復讐してなんになる」

ラララァの言葉に、クロラの腕を摑むカルレラの手に力が込められた。だから痛いって、とクロラは唇を嚙み締める。

「お前こそ、あの男に騙されてるだけだ」

「隊長を侮辱《ぶじょく》するな。お前も尊敬していたじゃないか！」

「ああ。だからこそ、余計に憎いんだよ」

ラララァはひたすらにホドロフの無実を信じた。ホドロフが無実だと主張する限り、ラララァの中ではそれが真実なのだ。

カルレラは信頼を裏切ったホドロフを憎んだ。己の罪を認めず、無実を訴える姿に復讐を誓うほど。殺された親友と、悲嘆の内に死んだ親友の妻が彼の中ではすべてなのだ。

「お前はわかってないだけだ。あの男は善人の皮を被った殺人犯だ。あいつ以外の誰に、犯行が可能だったっていうんだよ。証拠も揃ってるんだぞ」

「そんなもの、監獄側の人間ならなんとでもできる。隊長は嵌められただけだ！」

「はっ。副隊長ともあろうお前が、そんなことを言うなんてな。報告書の偽造はできても、隊員たちの証言までは曲げることはできねぇ」

「被害者に声を掛けたところを、たまたま目撃されただけかもしれない。それだけで事件への関与を疑う方が間違っている！」

「てめぇの方が間違ってんだろうが！」

この二人がわかり合える日はこないな、とクロラはナイフを突きつけられながら冷静に考えた。二人は互いの主張をぶつけ合うことに熱中している。カルレラはもっと余裕のある男かとも思ったのだが、宿敵が絡むと途端に思考回路が鈍るらしい。

クロラは気付かれないように、自由な左手を腰のベルトに這《は》わせた。そして、最小限の動きで隠しナイフを引き抜く。首に当てられたナイフを弾き、勢いよくカルレラの足を重みのあるブーツの踵《かかと》で踏んづけた。

「なっ……！」

しかし、さすがというか、クロラの襲撃にも拘束は緩まなかった。

気乗りはしないが、ここは手段を選んでいる場合ではない。クロラは右肩に力を込め、自分で関節を外した。痛みとなんとも言えない気持ち悪さが肌を這い上がり、右腕がだらんとぶら下がる。

これにはさすがのカルレラも怯《ひる》んだようだ。その隙に拘束から逃れると、間髪入れずにララファがサーベルの切っ先をカルレラの胸に突きつけた。

「まったく。これって、数日は癖になってしまうんですよ」

クロラは文句を言いながら、垂《た》れ下《さ》がった右肩の関節を強引に嵌め込んだ。

兵士たるもの、捕らえられたら自力で逃げねばならん、と祖父から関節を外しての縄抜けを学ばされたのだ。

「いつ何時、襲ってくるかわからない人がいるもので。対処できるようにしているんです」

隠しナイフを見せながら、クロラはにっこりと微笑《ほほえ》む。顔を引き攣らせたカルレラは、「てめぇ、やっぱりあのくそ爺《じじい》の血縁者だろ！」と叫んだ。

「なんのことでしょう？」

「しらばっくれんなよ。あの爺と眼がそっくりなんだよ！　忌々《いまいま》しい！」

クロラの瞳の色は母から受け継いだ。そして、母は祖父から――。

まさかそんなもので、正体を暴かれるとは思ってもみなかった。だが、それをゼータに知られるのはまずい。

「脱獄犯は見つけ次第、射殺しても罪には問われません。どうしますか？」

クロラはララファに聞こえないように呟いた。喋《しゃべ》ったら殺す、という脅しも匂《にお》わせれば、カルレラは忌々しげな視線をクロラに向ける。なにも言わないということが取引成立の証《あかし》。念のためにあとでもう一度、きちんと話し合っておく必要があるな、とクロラは考えた。

「クライシュナ隊長。手錠をお持ちなら貸していただきたいのですが」

「あ、ああ」

クロラはそれを、自分の左腕とカルレラの右腕に嵌める。

「おい。これはどういうことだ」

「あなたを引き摺って歩けるほどの力はありませんので、自力で歩いて貰おうと思っただけです。両手を手錠で拘束しても、隙をついて逃げられてしまいそうですし……これなら逃げることも、ホドロフを殺害することもできません」

どちらもクロラが隣にいる限り阻止できる。たとえ不意を突かれても、クロラの存在自体が枷となって動きを阻むだろう。それにどうせ監獄に戻るまでのことだ。

「……私が監獄まで護衛しよう」

「よろしいんですか？」

「ああ。それほど時間も掛からない。気にするな」

ララファの申し出に、カルレラの顔がさらに苦虫を噛み潰したようになった。これで彼の自由はなくなったに等しい。

「復讐は無意味です」

「てめぇのようなガキに、なにがわかる」

――復讐は無意味だ。

涙を零しながら、祖父は告げた。悲痛な声だった。

母の死が伝えられた時、祖父はただ泣き続けた。だから、クロラは言われずとも悟った。母が殺されたのだということを。

復讐は無意味だと、憎しみしか生まないのだと、祖父は泣きながらクロラに言い聞かせた。

「でも、あなたにとっては命を賭《か》けるほどの価値があるのでしょうね」

クロラにはわからなかった。母を殺した相手を憎むよりも、もう二度とあの穏やかな歌声が聞けないことが、ただ無性に悲しかった。

男は走っていた。少し走っただけで、眩暈《めまい》がするほどの苦しさに見舞われる。

街中は驚くほどがらんとしていて、自分の脱獄がもう街にまで知れ渡っていることがわかった。監獄や警邏隊が本格的に動き出す前に街に入れたのは幸運だった。

少しでも遅ければ、監獄と街とを結ぶ一本道を封鎖されていただろう。体力がない状態で、袋の鼠《ねずみ》になることだけは避けたかった。

「さて、どうしようかな」

少々、派手な騒ぎでなければ、詰め所の警備まで駆り出されることにはならない。男は歪《いびつ》な笑みを浮かべた。

「いいこと思いついた」

薄暗い路地裏に身を潜め、通りを窺う。警邏隊は二人一組で巡回を行っているようだ。監獄の部隊はまだ到着していない。

「助けてー」

近くを通り掛かった二人が、男の声に反応した。辺りを見回し、慌ただしく路地裏へと駆け込んでくる。

「大丈夫か！」

男はアバルカスから奪った軍服を着ていた。背中を向けていたせいもあって、すぐに脱獄犯だとは気付かれない。隊員の手が、男の肩に掛かった。

「ばあ」

　振り向いて、隊員の眼を見つめる。狭い路地裏に、体格のいい警邏隊の人間は、一人ずつしか入ってこられない。

「俺のお願い聞いてくれる?」

「……はい」

「警邏隊の隊員さんに斬り掛かって。大声で叫びながら斬り掛かるんだよ」

「はい」

　虚ろな眼差しの隊員が頷く。男はそれに微笑んだ。

「隊員はいっぱいいるから」

「はい」

　おい、どうしたんだ、という声が表通りから聞こえる。暗示に掛かった隊員は、サーベルを引き抜いた。

「じゃあ、頑張ってね」

「はい」

　命令された通り、大声を張り上げながら表通りに向かっていく隊員の背中を見送り、男は立ち上がった。

「あと二、三人、同じのが欲しいよね。力がもてばいいけど……」

　頭に鈍い痛みが走った。連続での使用はきついが、目的のためなら手段を選んではいられない。

　男は悲鳴を背中に聞きながら、路地裏を歩き出した。途中で、十分置きに同じような方法でもう三人、操り人形を作る。

「君も頑張ってね。警邏隊の人間を襲うんだよ」

「はい」

「いい子」

「はい」

　頭を撫でて、送り出す。そう掛からずに響く怒声。巡回中の隊員たちも、操り人形を追い掛け始めたようだ。

　男はそれを確認すると、最短距離で警邏隊の詰め所に向かった。

予想通り、門前には警備の隊員の姿はない。騒ぎに気付いて応援に駆けつけたのだろう。まさか狙いが詰め所にあるとは、誰も思うまい。

ゆっくりしている暇はなかった。暗示は解けてしまうと、それまでのことを思い出してしまうのだ。だから三年前も、暗示に掛けた監獄の兵士たちを殺す以外に方法がなかった。自分の存在をゼータに知られるわけにはいかなかったから。

「ただいまー」

三年前までは慣れ親しんだ場所だ。玄関を開ければ、懐かしさが胸を過る。胸が疼いてしかたないのは、きっと眠っているホドロフの感情だろう。

「アレクシスも懐かしいよね。なーんて、聞こえてないか」

隊長室は突き当たりを右。左に行けば、中庭に造られた訓練場がある。そこでホドロフはよく隊員たちに稽古《けいこ》をつけていた。

眼を閉じると、元気な掛け声が聞こえてくるような錯覚を覚える。

「三年ぶりの隊長室！」

扉を勢いよく開ければ、壁に飾られたサーベルが見えた。

ああ、懐かしい。あれはホドロフが使っていたものだ。それを捨てることなく持っているところをみると、隊長席に座ったのはララファ・クライシュナのようだ。

当時、副隊長を務めていたララファならば、年齢こそ若いが隊長になるのに申し分のない実績を持っている。

彼女はあまりにも功績をあげすぎ、権力争いに巻き込まれそうになったところを、恩師の計《はか》らいでここへやってきたのだ。

「――やっぱりあった。ララファは大事にしてくれたんだね」

男は執務机に置かれていたものに手を伸ばした。

だが、ふと机の隅に置かれた封筒、そこから覗く写真に気を取られる。

写っていたのは、見覚えのある少年。ホドロフの記憶に、一瞬だけ残っていた。でも、手前の太った兵士が邪魔でよくは見えない。わかるのは、雪のように白い髪に、サライ人よりも暗めの肌色だけ。写真を掲《かか》げて、じっくりと眺める。

白黒だから、瞳の色まではわからない。でも、もしもこれが赤だったら。

「ラフィタ？」

男の声は震えていた。

——ねぇ、君は誰？

第六章

　クロラはララファに護衛され、カルレラを連行して監獄へ向かおうとした。

　しかし、それは予想もしていなかった出来事に阻まれ、現在、カルレラと手錠に繋がれながら街中を走っている。

「――どうして、あの人は僕らを追い掛けてくるんですか！」

「知らねぇよ！　ただ、あいつは俺と同期だった奴だ！」

「じゃあ、説得してください！」

「問答無用で斬り掛かってくる相手に、どうすりゃいいんだよ！」

　監獄に続く坂道の途中で、クロラたちは隊員に襲われた。狙われたのはララファとカルレラだ。クロラには目もくれずに、二人だけを執拗に狙う。

「ここは私に任せて、逃げろ！」とララファが応戦しながら叫んだ。監獄へ向かおうとしたクロラだったが、次の瞬間には隙をついたカルレラに抱えられ、街に向かっていた。まだホドロフのことを諦めてなかったらしい。

　一旦《いったん》は追っ手を振り切ったものの、クロラたちは街に入ったところで再び、サーベルを振り回す警邏隊の隊員に追い掛けられる羽目になった。さすがに抱えられたままでは逃げ切れないので、今はクロラも自力で走っている。

「だから監獄に向かえばよかったんですよ！」

「俺はホドロフの野郎を殺すんだ！」

「その前に、あなたが元同僚に殺されますよ！」

　正気を失った隊員は二人だけではなかった。逃げ回っている最中も、警邏隊同士で戦っている姿を目撃した。いったい、なにがどうなっているのか。

「疲れた……ちょっと休みませんか？」

「ふざけんな。俺が殺られちまうだろうが！」

「いいじゃないですか。僕には被害が及ばないみたいですし」

「お前、だんだんと化けの皮が剝がれて来てるぞ」

「冗談は置いといて、そろそろなんとかしませんか。逃げ回るのも限度がありますよ」

まさかこんな形で手錠が邪魔になるとは思ってもみなかった。それぞれ得物がナイフ一本では、サーベルに対抗できるとも思えない。しかもそれを振るっているのは筋肉自慢の警邏隊員だ。

「明らかに警邏隊を狙ってますよね」

クロラのこともそうだが、サーベルを振り回している隊員たちは、逃げ遅れた住人たちがまるで見えていないかのように素通りしている。警邏隊だけを襲え。そう命令されているようだ。カルレラも今は受刑者だが、以前は警邏隊に所属していた。

「じゃあ、俺が囮《おとり》になるから、あいつを気絶させてくれ。思い切り殴っても死にはしないだろ。あいつらは頭まで筋肉だからな」

「あなたも三年前までは、脳筋の仲間だったじゃないですか」

「一緒にすんな。俺は警邏隊でも頭脳派だった」

「前！」

追っ手を撒《ま》こうと、路地裏を適当に走っていたのが仇《あだ》となった。二人の行く手には無情にも塀が立ちはだかっている。乗り越えるには高く、なにより手錠が邪魔をする。

「……というわけだ。頑張ってくれ」

「いえいえ、カルレラさんこそ頑張ってくださ、いっ！」

塀に激突する寸前で、カルレラはくるりと向きを変えた。同時にクロラは勢いよく壁を蹴って、カルレラの肩を支点に空中で一回転する。

逆さまになった視界の中では、隊員がカルレラに向かってサーベルを振り翳《かざ》そうとしていた。その手首を、カルレラが片手で押さえつけている。

クロラが勢いを保ったまま、膝を相手の首筋に叩き込もうとした時だった。

「へ？　カルレラ？」

亡霊のように虚ろな眼差しをしていた隊員から、間の抜けた声が発せられた。

「待て！」

カルレラの制止と、クロラの膝が隊員の首筋にめり込むのはほぼ同時だった。ドサッ、と白眼を剝いた隊員が崩れ落ちる。眼を剝いて気絶する隊員を観察すると、奇しくもその隊員はクロラを持ち上げ、「軽い！」と叫んだ人物だった。

「……不幸な事故でした」

「いや、うん……まあ、死なねぇだろ」

念のために首の骨が折れていないかを調べ、気絶しているだけだと判断する。

「おい、起きろ！」

「カルレラさん、それはちょっと……」

「こいつはなにか知ってる。それに、この程度じゃ怪我のうちに入らねぇよ。いいから、さっさと起きろ！」

地面に横たわっている男をカルレラが力いっぱい揺さぶると、低い呻き声が漏れた。瞼が痙攣《けいれん》して、強引に揺さぶられていた隊員は焦点の合わない眼差しをカルレラに向けた。

「お前……なんだよ、いつ釈放されたんだよ。教えてくれたら、みんなで迎えに行ったのによぉ」

一瞬、カルレラの顔に苦いものが走った。なにかを堪えるように唇を嚙み締め、同僚だった男の肩を叩いた。

「悪いな。俺はまだ服役中だ」

「じゃあ、夢か。そうだよな。お前を殺そうなんて、そんなこと、俺がするわけないもんな。じゃあ、ガリガリに痩せちまった隊長も、あれも夢だったのか

「あ、ああ。あのちっこいの……お前、なんでここに」

「今日の出来事を思い出してください。緊急事態ということで、クライシュナ隊長がみなさんに指示を出しましたね。住人を屋内に避難させて、それが終わったら二人一組で巡回をするように、と」

ソルは戸惑いを見せながらも頷いた。ちゃんと記憶は残っているようだ。いや、この場合、残り過ぎて混乱しているのか。

「ソルさんは、巡回中だったんですか?」

「そうだ。ロッジの奴と組んで……お、俺、ロッジに斬り掛かって、あ、あいつ。え、なんで、ロッジに」

クロラは真っ青になって震えるソルの眼を覗き込んだ。血塗《ちまみ》れの手を、さりげなく外套の裾で隠すように包み込む。

「なにも考えないで。僕の眼を見てください。僕の質問にだけ答えて。ロッジさんに斬り掛かる前、あ

……」

「待て。どういうことだ?」

隊員の体を起こすと、彼はカルレラを見てようやくこれが現実だと気付いた様子だった。地面に転がる抜き身のサーベルを見て、隊員は顔を青ざめさせる。

「ちょっと待ってくれ。え、じゃあ、俺はあいつらに斬り掛かって、それでお前まで——」

「落ち着け!」

混乱する隊員の頬を、カルレラが思い切り叩いた。

「これくらいの強さじゃねぇと、脳味噌にまで届かねぇんだよ」と、うんざり気味に呟く。

「カルレラさん、この人の名前は?」

「ソルだ」

大人しくはなったが、未だに混乱している相手にクロラはゆっくりと語りかけた。

「ソルさん。僕はグルア監獄の、クロラ・リルです。覚えていますか?」

なたは誰かに会いましたか？」

「た、隊長。ホドロフ隊長に」

「なにを言われたんですか？」

「〝警邏隊の隊員さんに斬り掛かって。大声で叫びながら斬り掛かるんだよ〟」

ソルの眼から、大粒の涙が零れた。その瞳はクロラを見てはいない。クロラを通り越した向こう側、己の記憶を覗いているのだ。

「〝隊員はいっぱいいるから〟」

声が震え、嗚咽《おえつ》が漏れる。

「〝じゃあ、がんばっ、て、ね〟――俺は、うう、俺は、ロッジを、みんなを、うあっ、うあああああああああっ！」

ソルが己の頭を抱え込む。

くそったれ、と空に向かってカルレラの怒声が響き渡った。


バシュレは混乱していた。

ゼータが部隊の編成を終え街に向かったのは、ホドロフの脱獄が発覚してから一時間後のことだった。ちょうど第一を除く監房棟の受刑者たちが、屋内外で刑務作業についていたということもあり、房に戻し終えるのに予想外の時間が掛かったのだ。

バシュレの脳裏を占めるのは、ホドロフではなくカルレラのことである。ホドロフは生かしたまま捕らえろ、と命令されているがカルレラはそうではない。わずかでも抵抗する素振りを見せれば、その場で射殺される。

なにより恐ろしいのは、その引き金を引くのが自分になるかもしれないのだ。自分にカルレラを撃つことができるだろうか、とバシュレはずっと自問自答していた。答えがでないまま、言い知れぬ不安を抱えて街に向かう。

しかし、そこに広がっていたのは予想もしていなかった光景だった。いつもは平和に子供たちが集う噴水広場には、負傷した警邏隊の隊員たちが横たわっていた。

同士討ちが起こったらしい。結束力の堅さで知られる警邏隊が、身内に刃《やいば》を向けるなんて信じられない。バシュレも初めは耳を疑った。

これが現実である証拠に、負傷者たちから少し離れた場所では、手足を拘束された隊員の姿があった。返り血を浴びたまま、茫然とした表情で広場を眺めている。魂《たましい》が抜けてしまったかのようだ。

情報を取り纏《まと》めたコルトバがゼータに報告するのを、バシュレは近くで聞いていた。重傷者が三名。内、一名が意識不明の重体。軽傷者は八名。加害者と思《おぼ》しき隊員は四名。三人は捕らえられたが、残り一人の所在がわかっていないとのことだった。

「胸糞《むなくそ》悪い。奴のやりそうなことだ」

報告を受けたゼータが、吐き捨てるように告げた。苦虫を噛み潰したような表情で、苛立たしげに舌打ちする。一刻も早くホドロフの捜索に移りたい。すべてがそう物語っている。

そんなゼータに、無謀にも食って掛かる人物がいた。

「どういう意味だ」

「おや、これは警邏のお嬢さん」

揶揄するようにゼータは告げる。血の気の引いた顔でゼータを睨んでいたのは、ララファ・クライシュナだった。それを間近で見ていたバシュレは、慌ててラケールの袖を引く。

「たいへんですっ。あれ、あれっ！」

「……猛者《もさ》だな」

「そうじゃなくて、止めなくていいんですか！」

ラケールは諦めたような顔で首を振った。そうこうしている間にも、ララファがゼータに詰め寄る。

「これは貴様の差し金か！」

「人聞きの悪い。犯人はアレクシス・ホドロフ。君のところの元隊長だよ」

「ふざけたことを。隊長がこんなことをするわけがない！」

「……彼ならね」

ゼータは呟くと、手足を拘束されている一人の隊員に近付いた。そして、無造作に隊員の髪を摑み顔を上げさせる。

「奴になにを命じられた？」

バシュレとそう歳《とし》の変わらない隊員は、壊れてしまったかのように虚ろな眼差しを浮かべていた。その頬を、ゼータは二、三度、音が響くほど強い力で叩いた。

加害者とはいえ、自分の部下に対する仕打ちにララファが抗議の声をあげるが、ゼータは構わずに質問を続ける。

「監獄の者の証言から、相手は奇妙な力を使うことがわかった。しかし、操られていたとはいえ、君がしでかしたことに変わりはない。その手で、仲間たちを傷つけた。現実から眼を逸らしてはいけないよ」

「……違う、俺は……そんなつもりじゃ」

手が勝手に。わずかに正気を取り戻した隊員は、震える声で告げた。

バシュレからすれば、ゼータの問いに答える青年は、サーベルを振り回して同僚たちを襲うような人物には見えない。だが、返り血に塗れた半身が彼の凶行を物語っていた。

「エリック・ヴェーレ一等兵。グルア監獄島警邏隊に配属になって二年目——間違いないね？」

「……は、はい」

視界の端で、ララファが驚いたように眼を瞠った。ゼータは監獄だけでなく、警邏隊をはじめ、島民の顔や名前、来歴まで覚えている、という噂を聞いたことがある。どうせ誇張されたものだろうと言われていたが、目の前の光景を見る限り本当なのかもしれない。

「君に命じた人間がいたはずだ」

「あ……」

ヴェーレは視線をさ迷わせた。

いつの間にか、彼の周囲には監獄の者や、軽傷だった警邏隊の者たちが集まっていた。今更ながらに、自分の置かれた立場に気付いた彼は、真っ青な顔で唇を震わせた。

「軍服を着て、ました」

「それで？」

「髪が長くて、すげえ痩せてて……は、初めて見る顔でした」

ホドロフの外見と一致する。周囲に、ざわりと驚きが伝播《でんぱ》する。

「眼を、じっと見つめられたんです」

ごくり、とヴェーレの生唾を呑み込む音が、やけに大きく響いた。

「警邏隊に斬り掛かれって。あとは、手が勝手に……」

うぐっ、とヴェーレは迫《せ》り上がってくるものを堪えきれず、その場に吐瀉《としゃ》した。胃が空っぽになっても、何度ものどを嘔吐《えず》かせている。

「どういうことだ。答えろ、ゼータ中佐」

「答えるもなにも、君も聞いただろう？」

詰問するラファに、ゼータはうっすらと笑みを浮かべた。周囲の者たちが思わず後退ってしまうくらい、ゼータの纏う空気はぴりぴりとして緊張を孕《はら》んでいる。

「ところで、調査官らはどうしているのかな？」

「……詰め所に押し込めたそうだ。警護に隊員を一人置いてある」

調査目的は説明されていないが、街には本土から派遣された調査団も滞在していた。しかし、彼らが監獄で調査らしいことをする姿を見た覚えは一度もない。

いったいなにをしにやってきたのだろうか、とバシュレは首を捻ったものだ。

「コルトバ。今すぐ警邏隊の詰め所に向かって、調査官らを保護しろ。異を唱えるようであれば、縛り上げて転がしておけ」

「はっ！」

それは保護とは言わないのではないか。ゼータの命令を耳にした者たちは、口には出さないがバシュレと同じ感想を抱いただろう。

命令を受けたコルトバが、第一の中から五名を選抜し広場を離れて行く。その姿が視界から消えるより先に、ララファが声を荒らげた。

「いい加減に、わかるように説明しろ。被害に遭ったのは、私の部下だ！」

ゆっくりと、ゼータが感情の籠もらない視線をララファに向ける。バシュレの傍らにいたラケールが、「あちゃー」と声を漏らして、掌《てのひら》で額を覆った。

「加害者も君の元上官、実行犯も君の部下だよ」

「隊長は無実だ、っぐう」

ゼータに首を摑みあげられたララファは、苦しげに呻いた。監獄側の兵士たちは所長に対する理不尽な言い掛かりに、警邏隊の隊員たちは隊長に対する手荒い行為に、それぞれ一触即発の空気になる。

「君もいい加減に現実を見ることだ。被害に遭ったのは君の部下だよ」

手を離せば、ララファの体が力なくその場に崩れ落ちた。

「君は本当に、あのディエゴの妹なのかい？　失望した。彼なら、馬鹿正直に無実を信じる君と違って、表面上は納得した振りをして裏から探ろうとするよ」

追い打ちを掛けるようなゼータの言葉に、ララファは俯いたまま反応を寄越さない。バシュレはとっさに大声をあげた。

「所長！　捜索を再開しましょう！」

広場にいた者たちの視線が、一斉にバシュレに向けられる。思わず怯みそうになるが、勇気を振り絞ってもう一度、口を開いた。

「また、どこかで被害が起きるかもしれません」

原因は不明だが、同僚に危害を加えた隊員たちはホドロフに操られていたようだ。ならば、被害がもっと拡大していてもおかしくはない。

「ふむ……確かに、こうして無駄に時間を浪費《ろうひ》するのはもったいないね」

ゼータの注意がララファから逸れたことに、バシュレは内心で安堵した。

女性の格好をしたゼータは暴力的ですぐに手や足が飛んでくるが、男性の格好をしたゼータは恐ろしいほどの毒舌だ。所長お気に入りの花瓶を割ってしまった際に、バシュレは身をもってそれを体験している。

このままでは、ララファが二度と立ち直れないくらい精神的にぼろぼろにされてしまう。同情するつもりはなかったが、打ちのめされた姿につい口を出してしまった。

「警邏隊は使い物にならないようだから、ここで待機しているといいよ。ただし、こちらの邪魔だけはしないようにね」

それくらいならできるよね、とゼータは穏やかな口調で毒を吐く。それには警邏隊を睨んでいた監獄の兵士たちも、同情的な眼差しを送っていた。

「これより脱獄犯の捜索に入る。今、わかったように、相手は特殊な能力を使う。少数での行動は危険だ。かならず三人以上の班になれ。アレクシス・ホドロフを見つけた班はすぐに狼煙《のろし》で報せるように。捕らえた場合は〝赤〟。発見を報せる場合は〝白〟だ」

カルレラについてはなんの説明もない。抵抗されたら、射殺という方針に変わりはないのだ。バシュレは小銃を握る手に力を込めた。

「五分以内に班を編制しろ」

広場にいるのは第一の残りと第三、第四だけだ。アリアガとラケールが中心となって、編制が行われる。

バシュレはラビットと第一のハイメの班に入れられた。ハイメは第一で一人余ってしまい、一人足りない第三の班に組み込まれる形になったのだが、もしかしたらラケールが自分のために配慮してくれたのかもしれない、とバシュレは思った。ハイメとは以前、模擬訓練で襲撃者側として力を合わせた仲だ。暴走しがちなバシュレの綱を、終始握ってくれたのも彼である。

「よろしくお願いします」

「ああ」

ハイメは口数少なく頷いた。揺るぎない様子に、不安に押し潰されそうになっていた心が少しだけ緩和される。それと同時に、バシュレは自己嫌悪も感じていた。

他人に頼らなければ、精神的に不安定になってしまう自分が情けない。勤務中はクロラに。クロラがいない時は、カルレラに。そして、今はハイメに寄り掛かろうとしている。

「……あまり、思い詰めるな」

ハイメの大きな掌が、バシュレの頭に載せられた。それはカルレラのことを言っているのか、それとも自己嫌悪するバシュレを心配してのことか。どちらにせよ、気を遣わせてしまったことに変わりはない。

「はい！」

どんなに落ち込んでいても、自分を否定してはいけない。〝でも〟や、〝だって〟はクロラに禁止されてしまったのだ。

「準備が整った班から出発しろ。狼煙を忘れずに持ってけよ」

ラケールの命令に、兵士たちがぞろぞろと動き出した。作戦は単純である。島内を班ごとに区分けして虱潰《しらみつぶ》しに捜索するだけだ。狭く、限られた空間では、それがもっとも効果的な方法である。

ゼータはいつでも動けるように、広場に残るらしい。詰め所に派遣した第一の者たちは広場に戻ってきたところで待機組として手元に置き、なにが起きても即座に兵を投入できる態勢を作り上げていた。

「バシュレは張り切り過ぎて、屋根の上を飛び回るんじゃないぞ」

「そ、そんなことしません！」

あれは一刻も早くカルレラの脱獄を報せなくてはと思い、最短の距離を選んだだけに過ぎない。誰も好き好んで屋根に登ったわけではないのだ。

「あの、ラビットさんもよろしくお願いしますね。私、足手纏いにならないよう、できる限り頑張りますから」

「……うん」

ラビットは硬い表情で頷いた。視線もバシュレには向けず、宙をさ迷っている。脱獄犯を相手にするということで、きっと緊張しているのだろう。

「出発します！」

己を奮起させるために、バシュレはわざと声を張り上げた。

意気揚々《ようよう》と出て行くバシュレを眺め、ラケールは溜息をついた。落ち込んでいたかと思えば、すぐにやる気に漲《みなぎ》った表情を浮かべている。忙しい娘だ。

「ラビットの奴は、完全にバシュレにびびってたな……」

バシュレをクロラ以外の者と組ませるにしても、はじめは相手を選ぶ必要がある。

ラビットは第三監房棟でも肝の据わった人物だ。なにより、監獄では珍しいくらいのお人好しである。人からの頼みを断れないし、相手が悪いと思ってもつい自分の方が先に謝ってしまう。〝軍人の墓場〟行きになったのも、その性格が災いしてのことだ。

だからバシュレの練習相手にちょうどいいと思ったのだが、次元の違う強さの前に恐怖を感じてしまったらしい。それでバシュレを明確な態度で拒絶しない辺りは、さすが監獄一のお人好しである。

「そういや、コルトバ大尉がまだ戻って来ませんね」

ラケールはゼータに話し掛けた。コルトバが戻り次第、ラケールも部下と共に捜索に加わる予定だった。しかし、警邏隊の詰め所に向かったコルトバが戻ってくる気配はない。

一方、ゼータにやり込められたララファは、落ち込んでいる暇はないと気付いたのか、拘束されていた三人の隊員と怪我を負った隊員たちを街の医院に運び込むよう指示を出すと、自らは数名の隊員を引き連れ広場を出て行った。今、ここに残っているのは、ゼータとラケール、それに部下の二人のみ。

その部下たちには、周囲を警戒するように命じてある。噴水の水音もあって、ラケールとゼータの会話が聞かれる心配はない。

「揉めているのかもしれないね」

噴水の縁に腰を下ろしたゼータは、素っ気ない態度で返答した。確かに、調査団の団長であるカミロ・オールステット少佐の神経質な性格では、当然のように説明を求めるだろう。

だからこそ、ゼータもコルトバを派遣したのだ。温厚な彼は、相手の敵意をのらりくらりと躱《かわ》しながら、こちらの要望を承諾《しょうだく》させるといった手腕に長《た》けていた。きっと今頃、オールステットはコルトバの手の上でいいように転がされているはずだ。

「ところで、なぜ彼らの保護を？」

ゼータにしてみれば、調査官らがどうなろうが知ったことではない。それをわざわざ保護しに行かせるところを見ると、なんらかの考えがあるとしか思えなかった。

「調査団の中に、奴の息が掛かった者がいるかもしれない。接触されでもしたら厄介だ」

「調査団の選抜は、軍も細心の注意を払ったと思いますよ。軍の上層部に裏切り者でもいない限り、協力者を紛れ込ませるのは不可能ですって」

「軍とて一枚岩じゃない。必ず隙は出てくるものだ。特に、奴らはそういった隙につけ込むのが上手い」

それは、ゼータの敵。ゼータがすべてを犠牲《ぎせい》にしてまでも追い続ける相手だった。理由はラケールにはわからない。それは、軍の上層部でもごく一握りの人間しか知らない機密事項だ。

　わかっているのは、奴らはグルア監獄島に隠されている、あるものを狙ってくるということだけ。

「島民も怪しいのでは？　少ないながらも、出入りはあったわけですし」

「なら、ここ三年の間に接触を試みようとするはずだ。そのために第一の規則を緩めるという餌《えさ》まで撒いた。それに、島民に協力者がいるなら、本土への渡航を制限するだけで事足りる。唯一、調査団だけがそうはいかない」

　確かに、それならばゼータが調査団を気にするのもわかる。万に一つの芽も潰しておきたいのだろう。

「しかし、ホドロフが三年前になんらかの情報を手に入れていたと？」

「奴が殺害したと思われる三人の内一人が、この島の座標を知っていた」

　確かに、それはまずい情報だ。ラケール自身、グルア監獄島の座標は聞かされていない。知っているのは、本土の上層部を除けば、ゼータと定期船の船長の二人だけ。

「その一人は、なぜ知り得たんですか？」

「本土から送られてきた、私のお目付役さ。座標は、その中に含まれる。ある程度の情報を持っていた。まったく、上層部も迂闊なことをしてくれたものだ。それに懲《こ》りたのか、調査団にはなにも知らせなかったようだけどね」

　彼らは、グルア監獄への巨額の予算配分を調査するために派遣された。

　しかし、それはあくまでも議員たちへの時間稼ぎで、オールステットたちは調査する振り以外に、なにもするなと命じられている。理由も告げられていないというのだから、気の毒なことだ。

「しかし、奴は脱獄できる手段を持ってたわけですよね。なぜ、三年間も我慢していたんでしょう？」

　第一監房棟の規則は緩い。定期船の入港予定や、外の状況は、知ろうと思えばいつでも調べられる。

「それは本人に訊くしかないな」

ふう、と溜息をついて、ゼータは長い足を組み替えた。

「奴は監獄のことを仲間たちに伝えるまでは死ねないと考えている。今のところ、外部との連絡が可能なのは調査団だけだ。だが、問題はそれからだ。情報を伝えたあと、人質にされることを危惧し自殺する恐れがある」

「そもそも、奴は調査団の存在を知っていたのでしょうか?」

知らなければ、わざわざ警邏隊の詰め所に忍び込むとは思えない。自分から檻《おり》に飛び込むようなものだ。島から脱出するつもりならば船着き場を目指すだろうし、定期船が目的ならばそれまで身を隠す場所を確保する。兵士が集まりそうな場所は避けるはずだ。

「もしも、調査団の中に息の掛かった人間がいれば、それとなくホドロフに自分の存在を伝えていた可能性はある。第一の兵士たちには眼を光らせていたが、見落としはあるものだ。奴が見つかるまでは、調査団の面々を鍵のついた檻にでもぶち込んでおきたいところだよ」

「やめてくださいよ。オールステット少佐はしつこいんですから」

生真面目なオールステットは、事情も知らされずに単なる時間稼ぎに使われていることが我慢できず、監獄を訪れては、嫌味のように軍規を乱した兵士を反省室送りにしていた。ゼータに忠告を受けてからは鳴りを潜めたが、ラケールへの八つ当たりは相変わらずであった。

「お、噂をすればコルトバ大尉が戻って来ましたよ」

しかし、広場に姿を見せたコルトバの表情は、どこか硬い。部下も二人に減っている。なにかあったのか、とラケールは眉を寄せた。

部下を広場の手前に待機させたコルトバは、単身でゼータの許へとやってきた。

「報告します。警邏隊の詰め所にホドロフが侵入し、調査員数名が負傷。警邏隊の隊員と同じ方法が取られた模様です。独断ではありますが、手当と警護のため部下を三名、残して来ました」

「……最悪の予想が当たってしまったね」

ゼータは自嘲するように笑った。黙り込んでしまったゼータの代わりに、ラケールは溜息をついて口を開いた。

「被害の状況はどうなってます？」

「調査団五名の内、オールステット少佐を含む三人が重傷。二人が軽傷を負っている。警護していた隊員も軽傷だね。ホドロフに操られたのは、オールステット少佐だ。状況を把握《はあく》するため、警護の隊員を振り切って部屋を出たところ、ホドロフに出会したようだよ」

「なんか言ってましたか？」

「調査団が派遣された経緯を訊かれたと言っていた。オールステット少佐は知りうる限りの情報をホドロフに話し、その後に仲間たちを襲うよう命じられたそうだ。ホドロフがどこへ向かったのかは知らないとのことだった」

オールステットが真実を口にしているのか、それとも敵対する側の存在なのかは不明だ。

だが、ラケールは内心で彼は限りなく白に近いと感じていた。調査団の団長で、何度も足繁く監獄に通っていたオールステットならば、直接ホドロフに接触する機会はあったはず。わざわざ危険を冒してまで詰め所に侵入する必要はない。

それに、オールステットが仲間だというなら、暗示に掛けるのはまずい。抵抗した隊員や調査官が、オールステットを殺害してしまう恐れがある。目撃者がいないのならば、情報を伝えたあと、何事もなかったように振る舞えばいい。

「どうします？」

「……作戦に変更はない。ただ、調査団に仲間がいないとなれば、なぜ奴が詰め所に向かったのかは気になるな」

「では、所長もオールステット少佐は白だと？」

「彼が仲間なら、重傷を負わせるようなヘマはしないさ」

ゼータは思案するように眼を閉じた。数秒の間を置いて、うっすらと眼を開けると矢継ぎ早に指示を出し始める。

「護衛の隊員は軽傷だったな。その彼に館内をくまなく見て回らせろ。なにか変わっている点があれば報告してほしい」

「わかりました」

「ラケールはコルトバの代わりにここで待機だ。狼煙が上がり次第、すぐに動けるようにしておけ」

「了解です」

コルトバはラケールに「よろしく頼んだよ」と告げると、部下の元へと走って行った。ラケールも待機させていた部下たちに、このまま広場で待機する旨《むね》を伝える。

「そういや、リルの奴が見当たりませんね」

ふと、ラケールは思い出したように言った。確か、今日は休日だった。寮で休んでいた者たちも捜索に駆り出されているため、姿が見えないとなると街に下りていたのか。しかし、それでも騒ぎには気付いたはずだ。

「妙にクロラ・リルを気に入っているな」

「バシュレのお守りに最適なんですよ」

ラケールはバシュレを監獄に残していくつもりだった。お目付役《クロラ》がいない状態で、小銃片手に街に放り出すにはあまりにも不安が残る。だが、カルレラの脱獄を知り、バシュレを捜索隊に組み込むことにした。

カルレラは警邏隊でも一、二位を争うほどの実力者だった。小銃を携帯しているとはいえ、並大抵の者では返り討ちにされる恐れがある。バシュレならばカルレラと対等にやり合えるだろう――脱獄犯に対する情が邪魔をしなければ。

　酷なことだとはわかっているが、バシュレは軍人だ。しかも、自身の失態がカルレラの脱獄にも繋がっている。事態が収束したあとで、なんらかの形で責任を取らされる恐れもあった。バシュレが脱獄犯を捕える、または射殺できれば名誉挽回にもなる。

　念のため、クロラの代わりに、面識のあるハイメをわざわざコルトバに頼み込んでバシュレの班に入れたが、今はとっさの思いつきが功を奏することを祈るしかない。街でも破壊活動に勤しんでくれるなよ。

「ふむ。クロラ・リルが密偵なら、この騒ぎはまたとない絶好の機会だな」

　何気ない一言に、ラケールは広場から監獄へと続く一本道を振り返った。確かに、監獄に残してきた人員は必要最低限だ。今なら、誰に見咎められることなく本館に侵入できるだろう。

「所長室に忍び込むと？」

「こんな好機は、もう二度と巡ってこないかもしれないよ。危険を冒す価値はある」

「で、なにを仕掛けたんです？」

　それに気付いた上で、ゼータがなにもしないわけがない。案の定、ゼータは不敵な笑みを浮かべた。

「正確には、私の部屋に、だね。なにが掛かっているのか楽しみだ」

「俺としては、優秀な部下を失いたくはないんですがね。仮に密偵だったとしても、バシュレが独り立ちしてからとっ捕まってほしいもんです」

「その言葉、君を信頼している兵士たちに聞かせてやりたいね」

「あんたにだけは言われたくないですよ」

　いつものくだらないやりとりになりかけた時だった。空に、一本の煙が昇る。狼煙だ。少し遅れて、発射音が響いた。真っ青な空に打ち上げられた色は発見を意味する、〝白〟。

「早すぎやしませんかね？」

だが、ゼータはすでに駆け出していた。報告に戻ってくる兵士のために、ラケールは数人の部下に引き続き広場で待機するように指示する。

「……まったく、部下だけでなく上官も手が焼けるよ」

溜息をついて、ラケールは部下を引き連れながらゼータのあとを追うのだった。

第七章

荒らされた室内に、コルトバは眉を寄せた。

警邏隊の隊長室は見るも無惨な有様だ。本棚の資料はすべて取り出され、執務机の抽斗《ひきだし》は鍵が掛かっているもの以外、中身もろとも床にぶちまけられている。机の上にあったと思われる書類も、同じようにぶちまけられ、床を埋め尽くしていた。

「足の踏み場もないね」

荒らされていたのは、隊長室だけだった。留守にするなら、鍵くらい掛けて行けばいいのに。規則には厳しいクライシュナ隊長だったが、平和な環境に慣れてしまうと緩みが生じてしまうようだ。規則があってないような監獄ですら、所長室には厳重に鍵が掛けられているというのに。

「ここは誰でも出入りできるのかな？」

隣で茫然としていた若い隊員に声を掛ければ、慌てたように否定の言葉が返ってきた。

「いいえっ。制限されています！」

監獄と警邏隊は仲が悪い。しかし、それは若い者たち——ただし所長は除く——に限ってのことだ。こちらが嫌味な態度を取らなければ、彼らも喧嘩を売るような真似はしない。ただ、この隊員は大役を仰せつかったと認識しているのか、端から見てもわかるほど緊張に体を強張らせていた。

やれやれ、とコルトバは内心で溜息をつく。

「もう少し詳しく説明してくれるかな？」

「も、申しわけありません！　ええと、日中には受付に兵士がいます。館内に入るためには必ずそこを通らなければならないので、一般人が無断で侵入することはあり得ません」

「普通だったらね。受付の子はどうしたの？」

「あ……その、騒ぎを聞きつけて、サーベルを片手に詰め所から出てしまったようです」

　緊急時だから、と席を離れてしまったのだ。さすがにこの惨状を見てか、隊員もそれがどれだけまずいことか悟ったらしい。血の気の引いた顔色は、今にも倒れてしまいそうなほどだ。

「怪我しているところをすまないが、室内をよく見てくれるかな？　なにかなくなっている物はあるかい？」

　隊員の頬や腕には斬りつけられたような傷跡があった。足を庇いながら歩いているところを見ると、そちらも捻るかなにかしたのだろう。手当は重傷者を優先しているため、軽傷だった隊員は後回しにされてしまったらしい。それでも、自分でできる範囲の治療はしたようだ。

「その前に、ガーゼがぜんぜん見当違いの場所に貼ってあるよ」

　半分ほど剝がれかかっていた右頬のガーゼを、左側に移してやる。右側に傷跡らしきものはない。

「あ、ありがとうございます！」

「うん。あとでちゃんと手当してもらうんだよ。それで、紛失した物はあるかな？」

「ええと……」

　隊員は書類を踏まないように、室内を不安げな眼差しで見て回る。しばらくして、隊員は部屋に入る時とは違い、硬い表情を浮かべてコルトバのところに戻ってきた。

「サーベルがなくなっています」

「隊長のかい？」

「いえ。先代の隊長が愛用していたものです。いつもは壁に飾られてあるのに、それが部屋のどこにも見当たりません」

　ボドロフは警邏隊でもかなりの実力者だったが、筋力の衰えた今では、サーベルを持ち歩くことすら億劫だろう。とはいえ当然、楽観視はできない。一刻も早く、ゼータに報告すべきだ。

「他には？」

「あとは、鳥籠が壊れていました。おそらく、ぶつかった拍子に倒れたのだと思います。窓ガラスが割れていたので、隊長が飼っていた鳥も逃げてしまったのでしょう」

　言われて見れば、執務机の脇にひしゃげた鳥籠が転がっていた。その周囲には、真っ白な羽が散らばっている。

「さすがに書類などはわかりませんが……」

「ああ、それはいいよ」

　この惨状で、一介の隊員にどの書類が足りないのかなど判断できるはずがない。第一、警邏隊の詰め所にある書類は、大半が島内で起こった事故、もしくは揉めごと等の報告書の類いばかりだ。監獄側にとって、見られてまずい重要な書類は置いていない。

　もっとも、ホドロフにしてみればのどから手が出るほど欲しかった情報が紛れ込んでいる可能性は否めないが。それでもやはり、ララファが復帰しないことには確認のしようがない。

「……うん？　これはなにかな？」

　床に落ちた封筒からちらりと覗くのは、写真のようだ。しかも、厚みから見て数十枚はあるだろう。コルトバが手を伸ばそうとした時、背後から茫然とした声が響いた。

「なんだ、これは」

　振り向けば、扉の脇に顔を蒼白にしたララファが立っていた。

「ちょうどよかった。お宅の隊員に、紛失したものがないかどうか確認してもらっていたところなんですよ」

　コルトバはララファと顔を合わせれば挨拶を交わす程度の仲だ。監獄と警邏隊との間で角を突き合わせているのは若い者たちばかりだ。特にコルトバは家族とともに街で暮らしているため、当たり障りのない対応を心掛けている。

「サーベルが……」

　ララファも真っ先に気付いたようだ。信じられないような眼差しで、留め具だけが残された壁を凝《ぎょう》視《し》している。

「状況から見て、脱獄したホドロフの仕業《しわざ》だと思われます」

「なぜ、そう断言できる！」

　ここまできても、まだ元上官を庇うのか。コルトバは呆れた。その忠誠心は見上げたものだが、警邏隊をまとめる者としては失格だ。

「ホドロフ以外の目撃証言がありません」

　むろん、彼が室内を荒らした犯人だと決めつけるのは早計だ。誰かが混乱に乗じて、隊長室に忍び込んだ可能性もある。しかし、現状では、その線は限りなく薄い。

「それとも、クライシュナ隊長には他に犯人の心当たりが？」

「………」

　ララファは悔しげに唇を噛み締めた。だが、すぐに負けじとコルトバを睨みつけてくる。

「隊長がこのような真似をする理由がない」

「武器の調達に来たのかもしれませんよ」

　言いながら、コルトバは内心で首を捻った。ホドロフは隊長室に自分のサーベルがあるとは知らなかったはずだ。

　また、サーベルは壁の、目立つ部分に飾られていた。もしも、武器を得るために詰め所へ潜入したのなら、ここまで部屋を荒らして行く必要はない――と、そこまで考え、コルトバは溜息をついた。なんにせよ、今はわかった情報をゼータに報告するだけだ。

「隊員にも確認してもらいましたけど、サーベルの他になくなったものはありませんか？」

「……いや。書類は、中身を確認しなければ即答はできない」

「では、あとで確認をして足りないものがあれば報告してください。所長から報告するように命じられていますので」

「今すぐでなくていいのか？」

ホドロフが逃げ回っている中、ララファが黙々と書類の確認を行うことに耐えられるとは思えない。それにどうせ、ホドロフにとって得がたい情報があったところで、一読で済ませたとするなら特定などできるはずがなかった。

ホドロフが捕まったあとで、片付けがてらのんびりとやってもらっても構わないのだ。

「詰め所の警備は我々が請け負います。クライシュナ隊長は陣頭指揮に戻っていただいて構いませんよ」

ララファの眼に批難めいた色が浮かんだ。警邏隊としては、自分たちの縄張りを余所者に土足で踏み荒らされる気持ちなのだろう。

しかし、同士討ちの結果、警邏隊で動けるのはララファを含めたごく一部の隊員たちだけである。詰め所の警備に当てるよりも、街の住人たちへの呼び掛けを優先してもらいたい。

「君も、ちゃんと手当した方がいいよ」

コルトバは、上官の登場で部屋の隅で直立不動していた隊員に声を掛けた。そこで初めてララファも部下の存在に気付いたようで、ばつが悪そうに「行って来い」と告げる。

隊員は「ありがとうございます！」と元気に礼を言って、怪我人とは思えない素速さで駆け出した。もしかしたら、医院に運び込まれた仲間たちの安否が気になっていたのかもしれない。

「クライシュナ隊長も。隊員たちが指示をまっていると思いますよ」

促されてもララファが動く気配はない。そこでコルトバは、ある可能性に気付いた。

「……もう一度、元上官が捕らえられるところを見たくない、とか？」

図星を突かれたララファに、コルトバは胸倉を摑みあげられた。息苦しさに思わず顔を顰める。しかし、視界に映ったララファの方が数倍も苦しげな表情を浮かべていた。

　彼女もわかっているのだ。三年間、ずっと無実を信じ続けてきた、その信頼が裏切られたことを。

「しっかりしなさい。あなたは、隊員たちを束ねる隊長なんですから」

　コルトバは軍人としてではなく、親が子に言い聞かせるように告げた。ホドロフを慕っていたララファには、酷なことだとはわかっていた。しかし、彼女は隊長職に就く存在だ。甘えも、弱さを見せることも許されない。

「私は、隊長なんかになりたくはなかった！」

「そんなことを言っては駄目ですよ、クライシュナ隊長。ホドロフの跡を継ぐことを決断したのは、他ならぬあなたなんですから」

　ホドロフの罷免後、警邏隊長の任を継いだのは副隊長のララファだった。それに反対の声がなかったわけではない。特に難色を示したのが、軍の上層部だった。

〝若すぎる〟というのが最大の理由。また、自分たちの息が掛かった人物を隊長席に後押ししたいという裏事情があった。反対の声を押し込めたのは、ゼータである。本人がやると言うならやらせてみればいい、と。

　本人も了承した。自分にやらせてほしい、と。そこには、ホドロフが作り上げた体制を、余所者によって壊されたくないという気持ちが込められていたのかもしれない。だが、了承したからには言い訳は許されなかった。

「決別を込めて、あなたはホドロフの罪と向き合うべきだ」

　ララファの顔が苦しげに歪められた。胸倉を摑みあげていた手が震え、ほどなくしてコルトバは解放される。乱れた襟元を直していると、「……すまなかった」とか細い声で謝罪があった。

「いえいえ。私も言い過ぎた自覚はありますので」

階級ではララファの方が上。受け取り方によっては、不敬罪とも取れる発言だ。もっとも、生真面目なララファがそういった意味でコルトバを告発することはないだろうが。

「警備を任せてもよいか」

「はい。改めてお任せください」

非常時のグルア監獄島における警察権はゼータにあるが、それでも詰め所は警邏隊の縄張りだ。いくら理由があるとはいえ、そこに監獄側の人間が土足で足を踏み入れればどうしても禍根《かこん》は残る。

だが、隊長からの一言があれば話は別だ。

「隊長室の片付けはどうしましょう？　なんなら、第四から人手を借りますが」

一応、女性であるララファに気を遣った形だ。片付けるだけとはいえ、異性に室内を触られることを不快に感じる可能性はある。

「お気遣いはありがたいが、このままにしてもらって構わない。そちらには、脱獄犯の捜索に力を入れてもらわねば」

脱獄犯、と言ったところで、ララファは痛みを堪えるような顔をした。それに気付かない振りをして、コルトバは「では、隊長室には鍵を掛けさせていただきますね」と告げる。割れてしまった窓くらいは、こちらで木の板を打ちつけ補修してしまった方がいいだろう。通り雨でもあれば、床に散乱した書類は全滅だ。

「では、よろしくたのむ」

そう告げると、ララファはきびきびとした動作で隊長室を出ていった。遠ざかる足音を聞きながら、コルトバは小さく溜息をつく。

「若い時から要職に就くもんじゃないよね」

ララファは優秀だ。だが、隊長としての経験が圧倒的に足りていなかった。平時ならばそれでもいい。ただ、いざという事態に直面した時、それははっきりとした形で現れてしまう。

現に、混乱に陥った警邏隊を前に、ララファはただ負傷者の手当を指示するだけで手一杯の様子だった。隊員たちに聞き取りを行って情報を整理したのはコルトバである。

本来ならば問題が発生した時点で、監獄側へ連絡を入れるべきだった。こちらも部隊を先行させ、事態の対処に当たらせることもできた。これが戦場だったならば、味方の到着のわずかな遅れが生死を左右する場合もあるのだ。

「戦場への派兵経験もないようだから、しかたないか」

そもそもサライは軍事国家という割には、平和を謳歌《おうか》し続けてきた。ララファのような若い兵士たちは、実際の戦場を経験した者の方が少ない。あっても、国境近くの小競《こぜ》り合《あ》いが精々だ。活躍の場がない状態では、有能な指導者も生まれ難《にく》かった。

従軍経験があるコルトバにしてみれば、贅沢《ぜいたく》な悩みでもある。軍に入隊した当時、名前を覚えきれないくらいたくさんいた同期も、たった数年で半分以下に減ってしまった。

平和条約が結ばれなかったら、多少、目端が利く以外に長所のないコルトバも戦没者の中に名前を連ねていただろう。

「まあ、被害が警邏隊と調査団だけで収まったのは不幸中の幸いか」

今回は警邏隊同士の衝突だったが、もしもホドロフの命令が〝無作為に人を襲う〟というものだったら、被害は民間人を含め街全体に拡大していたに違いない。ララファの拙《つたな》い指揮振りも、今以上に露呈してしまったはずだ。それに、街にはコルトバの家族も暮らしている。考えるだけでもぞっとする。

無事だと信じてはいるが、せめて一目でいいから家族の姿を確認したい――そんな誘惑に、コルトバはむりやり蓋をした。

「さて、どうしようかな」

負傷した調査団は、動かせる者から診療所に運び込ませている。それが終われば、いつまでも無人の詰め所を全員で警備しておく必要はない。鍵をかけて、玄関先に兵士を二人ほど配置しておけば事足りるはずだ。

「とりあえず、所長に報告するのが先か」

報告がてらに自宅に寄りたいなぁ、とできるはずもない愚痴《ぐち》を零しながら、コルトバは隊長室をあとにしたのだった。


「そういえば、リル君はどうしたんだろ」

細く入り組んだ路地裏を捜索していたバシュレは、思い出したように呟いた。休日で街に出ていたとしても、これだけの騒ぎに気付かないわけがない。

「か、監獄に戻るか、どこかの班に合流しているんじゃないかな？」

ラビットが辺りを警戒しながらも、律儀に返答する。民家の敷地内を確認していたハイメが、「異常なし」と言葉少なに告げた。

「そうですよね。でも、警邏隊の人たちを見てると、なんか心配になっちゃって……」

もしもクロラまで操られていたら、と思うと気が気でない。バシュレが小銃を抱え直すと、なぜかラビットが「ひいっ」と情けない声をあげる。風の音にでも驚いたのだろうか。

「この先は行き止まりだ。そこまで確認したら、引き返そう」

「じゃあ、今度は私が先頭になりますね。いつまでも、ハイメさんとラビットさんばかりに任せちゃ悪いですから」

ハイメとラビットは難色を示したが、自分ばかり安全な後方にいるわけにはいかない。バシュレの心意気が伝わったのか、二人は溜息をついてしぶしぶと道を譲《ゆず》った。

「なにかあったら、大声で叫ぶんだぞ」

「そうだよ。無闇矢鱈に殴りつけちゃ駄目だからね。

蹴っても駄目だからね」

「……二人ともすぐ後ろにいるんですよね？」

バシュレが異変を感じたら、彼らもすぐに気付くだろう。なにをそんなに心配することがあるのか。

「出発します」

気合いを入れ、バシュレは小銃を構えながら路地を進んだ。五分と掛からずに、行き止まりに辿り着く。そこは傾斜の厳しい崖になっていて、崖下までは二階分ほどの高さがあった。覗きこむと、舗装《ほそう》された道と数軒の民家が見えた。

「異常なし！」

バシュレが声をあげると、ラビットが安堵するように肩から力を抜いた。ハイメは相変わらずの無表情で、周囲を見回している。

「引き返しますか？」

「ああ」

「わかりました！」

再び先頭に立とうと、バシュレが歩き出した時だった。視界を大きな影が横切る。頭で考えるよりも先に、体が動いていた。

「ラビットさん！」

その軌道上には、ラビットの体があった。とっさに突き飛ばし、自分も地面に転がる。転がった際に腕をしたたかに打ちつけ、痛みに顔を顰めた。

「敵襲！」

バシュレはできうる限りの速さで立ち上がり、小銃を構える。視界に映ったのは——呑気に羽繕《はづくろ》いしている海鳥だった。

グルア監獄島ではよく見られる、オロロンと呼ばれる鳥だ。全体的に色が白く、羽の先端だけが黒い。その羽を広げると成人男性の身長よりも大きく、鋭い嘴《くちばし》や鉤爪《かぎづめ》で魚だけでなく野鼠を獲ったり、時には畑を荒らしたりする。

「な、なんだ……」

バシュレは思わず地面に座り込んだ。オロロンは人に馴れているせいもあって、急に追い掛けたりしない限り逃げる素振りは見せない。昔は捕まえやすいこともあって、島の非常食として重宝されたらしい。あまり知りたくはない情報だ。

「焦って損した……って、ラビットさん！　大丈夫でしたか？」

力任せに突き飛ばしてしまった自覚がある。慌てて振り返れば、ラビットはかなり離れた場所で仰向《あおむ》けに倒れている。その横には、ハイメが跪《ひざまず》いていた。

「気絶しているだけだ」

「よかった……じゃない！」

わざとではないが、これは明らかにバシュレの過失だ。ラビットは完全に白目を剝いている。

「ど、どうしよう」

ラビットを置き去りにすることはできない。捜索を中止して広場に戻るべきか、それともハイメだけでも他の班に合流してもらうべきか。

じわりと涙が滲む。頑張ろうと思った矢先にこの有様だ。軍に入れば、この力を活かせると思った。人の役に立てるのではないかと。だが、蓋を開けてみれば昔となんら変わりない。むしろ、被害状況だけを見れば、力の暴走に怯え家に閉じ籠もっていた時の方がまだましだ。

——軍人に向いてないいんじゃない？

嫌味ったらしく言われたことも、逆に心配して助言のつもりで言われたこともあった。そのどちらの台詞《せりふ》も、バシュレの心を深く抉った。

そんなこと、自分が一番よくわかっている。軍人に向いていないと、誰よりも痛感しているのはバシュレ自身だ。

「私、わたっ……」

「落ち着け」

ハイメの手が、バシュレの背中を宥めるように摩《さす》る。

「お前の行動は間違っていない。これが本当に敵襲だったら、ラビットは気絶だけではすまなかった」

「でも、それは」

「身を挺《てい》して仲間を助けようとしたんだ。悪いと思うなら、あとでラビットに謝ればいい。きっと、許してくれる」

淡々と諭《さと》され、混乱のあまり負の連鎖に陥りかけていたバシュレの思考も、わずかではあるが落ち着きを取り戻した。

「えっと、これからどうしますか?」

情けないが、自分の判断は信用できない。ならばハイメの指示を仰いだ方が確実だ。

「簡単な方法がある」

そう言って、ハイメはラビットを肩に担ぎ上げた。バシュレも地面に落ちたラビットの小銃を拾って、そのあとに続く。

ハイメが向かったのは、先ほどバシュレたちが通り過ぎてきた一軒の民家である。「グルア監獄の者だ」と告げ、扉を強めに叩くと不安げな表情を浮かべた中年の男が顔を覗かせた。

「すまないが、しばらくの間、負傷した兵士を預かってほしい」

「へ? あ、ああ、わかりました。医師に診せなくて大丈夫なんですか?」

「気絶しているだけだ。眼が覚めたら、〝仲間は他の班に合流した〟と伝えてくれ。起きなければ、あとで引き取りに来る」

「わかりました」

ラビットを引き受けた男は捜索の状況が気になるようで、「脱獄犯は捕まったんですか?」と怯えた様子で訊ねる。

それにハイメは、「捜索中だ。監獄で働く者たちの無事は確認されている。心配しなくてもいい」と告げた。途端、男の顔に安堵の色が広がる。

男が扉を閉め、内から鍵を掛ける音が聞こえたのを待って、ハイメは歩き出した。バシュレも慌てて追い掛ける。

「あんな簡単にラビットさんを預けてしまっていいんですか?」

「問題はない。彼は監獄の食堂で働いている女性の夫だ」

意外な情報に、バシュレは眼を丸くした。だから先ほどの男は、ハイメの言葉に安堵していたのか。

「さすがに、これまでは預けられないが」

ハイメはバシュレが持つ、ラビットの小銃を指差した。

いくら身内の家族とはいえ殺傷力の高い武器を置いては来られない。ラビットには悪いが、広場までは丸腰で戻ってもらおう。

「あとは他の班を見つけて合流すればいい」

「ラビットさんのことは、報告しなくてもいいんですか？」

「広場に戻れれば本人が報告するだろう」

確かに、ホドロフに関すること以外、いちいちくだらないことで報告しに戻って来るな、とゼータに叱責《しっせき》されてしまいそうだ。

「……私、駄目ですね。みんなに助けられてばっかり」

落ち込む自分すら嫌になる。しかし、返ってきたのは意外な言葉だった。

「助けられているという自覚があって、それを気に病む感情があるなら大丈夫だ。手を差し伸べられることを、当然だと考えなければ」

「そうでしょうか？」

「ああ」

自分はまだ、軍人であることを諦めなくてもいいのだろうか。

——頑張ろう。

ここで挫《くじ》けてしまっては、今まで迷惑をかけてきた人たちに失礼だ。バシュレは唇を引き締めた。

「すみません。情けないことばかり言ってしまって」

「気にするな」

ハイメはそう言うと、バシュレの手からラビットの小銃を取り上げた。安全装置が掛かっているのを確認すると、小銃に取りつけられた紐に頭を潜らせ斜め掛けにし背負う。重さは苦にはならなかったが、自身の小銃を構える際には邪魔になると思っていただけに、ハイメのさりげない配慮はありがたかった。

「ありがとうございます」

「ここで待ってろ。近くに他の班がいないか見てくる」

「え、でも」

　単独での行動は危険だ。そういう意味を込めてハイメを見れば、「少しの間だけだ」と言葉が返ってきた。

「バシュレは塀を背にして、辺りを見渡せる位置で待機していろ」

「……わかりました」

　頷くと、ハイメは近くの外塀に飛び乗った。そして、身軽な動作で屋根へと飛び移っていく。確かに、高い場所からの方がすぐ見つかるかもしれないが、足を滑らせたら大怪我は免れない。

「気をつけてくださいね！」

　バシュレはとっさに叫んでいた。それから、一時間ほど前に自分も似たような行動を取ったことを思い出し、顔を真っ青にした。

　突然、案山子を踏み台にして屋根に登ったのだ、それを見ていた受刑者たちはさぞかし驚いただろう。あの時はそこまで頭が回らなかった。一刻も早くラケールに報告しなければ、という一心での行動だったが……。

「も、もしかして、また怖がられちゃったりして」

　せっかく普通に会話できるようになったところだったのに。再び落ち込みそうになったバシュレだったが、大きく深呼吸して気持ちを切り替えた。振り出しに戻ったと思えばいい。また、一から関係を築き上げればいいのだ。

　よし、気合いを入れ直して頑張ろう、とバシュレが奮起した時だった。

　先ほどと同じように、黒い影が脇道からバシュレの前に飛び出す。また海鳥か。そう考えながら視線を向けた先にいたのは――脱獄したカルレラだった。

「！」

　バシュレはとっさに小銃を構える。相手もこちらの存在に気付いたようだ。驚きに眼を瞠ったあと、舌打ちの音が聞こえた。

「お、大人しく投降しなさい！」

　復讐なんて止めてください、と言い掛け、寸前で違う言葉にすり替える。自分は軍人で、カルレラは脱獄犯だ。私情に走ってはいけない。しかし、そこでバシュレはカルレラが小脇に抱えているものに気付いた。

　白髪に褐色の肌。俯いているため顔は見えないが、それが誰かなど火を見るより明らかだ。気を失っているのか、だらりと力なくぶら下がった腕はぴくりとも動かない。まさか、とバシュレは息を呑んだ。

「リル一等兵を解放しなさい！」

「……俺を止めたきゃ、射殺するんだな」

　カルレラの挑発的な物言いに、バシュレは唇を噛み締めた。抵抗するようなら、射殺しろ、というゼータの命令が脳裏を過る。

　自分は軍人だ、と模擬訓練でアバルカスに啖呵《たんか》を切った。軍人として認められていないことに理不尽だと腹を立てた。でも、いざ軍人としての行動が求められる場面になって、ようやくバシュレは己の甘さに気付いた。

　覚悟していたはずだった。軍に入ったからには、人を殺すかもしれない、と。他国との大規模な戦争はなくなったけど、国境付近ではたまに小競り合いがあると聞いていた。

　もしもその近くの基地に配属になったら、自分は軍人なのだから潔く覚悟を決めよう、と。

「躊躇うなよ。落ち零れでも、お前は軍人なんだろうが」

　カルレラの鋭い睨みに、バシュレは思わず小銃を取り落としそうになった。

「覚悟がないんなら、軍人なんて止めちまいな」

それは、今までの誰の言葉よりもバシュレの心に深く突き刺さった。

引き金に掛けられた指に力を込めるだけでいい。そんな簡単なことが、なぜできないのか。それは今まで、数え切れないくらいしでかした失敗を総合したよりも、バシュレに精神的な痛手を負わせた。

「撃てよ！」

叱咤《しった》のような声に、思わず耳を塞《ふさ》ぎたくなる。蹲《うずくま》って、もうなにも考えたくない。すべてを放棄できたら、どんなに幸せだろう。

——でも、それじゃ駄目だ。

バシュレは小銃の安全装置を嵌めた。撃つことを諦めたバシュレに、カルレラの顔に落胆の色が浮かんだ。

「勘違いしないでください。私は狙撃が苦手なんです。間違ってリル君に当たったら大変じゃないですか」

バシュレは小銃の銃身を両手で握り締めた。手が小刻みに震える。それを気力で押さえつけた。

「所長は射殺しろと言っていましたが、生け捕りにしてはいけないとは言っていませんでした」

カルレラには射殺命令が下された。だが、それは抵抗が予想された上で為された決断だ。なら、身動きが取れなくなるくらい痛めつければ——。

「みんなが同情するくらい、ボコボコにしてあげます」

しかし、その一瞬後のこと。顔を引き攣らせたカルレラが、バシュレの視界から消えた。

クロラは気付けばカルレラを蹴り飛ばしていた。手首を手錠で繋がれているため、自分も倒れることになる。

ちょうどカルレラの上に伸し掛かる格好になったので、わざと鳩尾《みぞおち》に乗っていた膝に力を込めて立ち上がってやった。

「そんなに死にたいなら、自殺でもなんでもしてください。八つ当たりでバシュレ一等兵に重荷を背負わせるつもりですか」

先ほどの挑発行為は、八つ当たり以外の何物でもない。クロラたちを襲った警邏隊のソルは正気に戻ったあと、自分の凶行が許せずに自殺を図ろうとした。クロラとカルレラが全力で阻止しなければ、ソルは己の腹をサーベルで刺して死んでいただろう。

気絶させて両手足を縛り、舌を噛まれないように猿《さる》轡《ぐつわ》を嚙ませた。

しかし、相手は屈強な警邏隊員。必死になって取り押さえている間にも、体の至るところに拳を貰ってしまっていた。

最後の辺りはあまりの疲労に、カルレラにほぼ丸投げしてしまったくらいだ。ぐったりしていたところをカルレラに無言で小脇に抱えられ、運良く――もしくは運悪く――バシュレに見つかってしまったのである。

「お望みなら僕が殺してあげましょうか?」

ぐりぐりと鳩尾を踵で踏みつける。呻き声が聞こえるが、手加減はしない。なんせクロラ自身も腹が立っているのだ。

カルレラの復讐なんかどうでもいい。それよりも重大なことに気付いてしまったのだ。

ゼータが指揮を取ってホドロフの捕獲に乗り出している今、監獄の警備は手薄だ。残された者たちも、監房棟の監視に掛かり切りになっていることだろう。つまり、所長室やゼータの私室に忍び込む好機でもあった。

それが、カルレラと手錠で繋がれているばっかりに、指を銜えて見ているしかできないなんて。これが恨まずにいられようか。

「てめぇ、本気で殺す気か！」

「軍人なら撃て、とあんなに堂々と言ってたじゃないですか。僕も軍人ですよ」

「ちょ、待てっ、まじで、息がっ」

「脳筋なんですから、これくらい平気でしょう」

「だから俺とあいつらを一緒にすんな！」

さすがにこれ以上は、というところでクロラはカルレラの上から退いた。そして、地面にへたり込んでいたバシュレに手錠がわかるように、自由な方の手で指差した。

「脱獄犯はこの通り捕まえました。だから、殺す必要はありませんよ」

射殺の許可も出ている。見つかったのがバシュレでよかった、とクロラは心の底から安堵した。

他の兵士でしかも狙撃の腕に自信のある者だったら、躊躇いもなくカルレラを撃っただろう。流れ弾に当たる可能性もないではない。

潜入の期限は半年。すでに一ヶ月半が経過している。その上、怪我で数ヶ月は身動きが取れませんなんてことにはなりたくない。

「っふ、よかった……こわ、恐かったよ。軍人だから、命令だから、撃たなきゃって。ずっと、考えてた。カルレラさん、死なせたくないから、抵抗できなくなるまで、痛めつければって思って、でも、やっぱり恐くて」

しゃくりあげながら、バシュレは切れ切れに胸のうちを吐露《とろ》する。たとえ軍人でも人を殺すことに抵抗がある者はいる。命令だから、と自分に言い聞かせて恐怖心を打ち消すのだ。

それが知っている相手となれば、葛藤もより酷いものになる。

「今更、自己嫌悪で死にたくなっても遅いですよ」

「うるせぇ。あんな甘ちゃんが軍にいること自体、間違いなんだよ。軍なんて辞めて、普通の幸せを手に入れりゃいいのに」

つまり、カルレラ的には、バシュレが撃っても撃たなくても、軍人に向いていないことを気に病んで退職すればいいと思っていたのか。それがバシュレの幸せにも繋がる、と。

「お嬢ちゃん。八つ当たりして悪かったな。だが、脱獄したことは謝んねぇぞ」

太々《ふてぶて》しい態度でカルレラは告げた。クロラはわざと手錠を引っ張って、不遜な相手を睨みつける。

「これで刑期も延びますね。ご愁傷様です」

「本当にてめぇは憎たらしいな」

クロラはバシュレを片手で引き起こすと、状況を確認するために口を開いた。

「警邏隊の隊員に襲われたんですが、被害はどうなっていますか？」

「えっ、リル君たちも襲われたの！」

「はい。その隊員は拘束しておきました」

バシュレは安堵するように溜息をついた。それから、カルレラを気にしつつも硬い表情で話し始める。

「警邏隊の騒動で死亡者はまだ出ていないけど、危ない人が一人いるって。重傷者はその人を含めて三名。軽傷だったのが八名。みんな医院に運び込まれたり、広場で手当を受けたりしていたよ」

「加害者側は全員捕まりましたか？」

「うん。四人っていう報告で、一人行方がわかっていなかったんだけど、リル君たちが捕まえた人が最後の一人なんだと思う」

ホドロフに関する情報も聞きたかったのだが、さすがにカルレラの前で話すことはできない。それをわかっているのか、バシュレも警邏隊の被害以外の情報を口にすることはなかった。

「ところで、バシュレ一等兵は一人で行動を？」

脱獄犯の捜索は、二人以上の班で行動するのが普通だ。単独で、というのはあり得ない。クロラの指摘に、バシュレは「うっ」と呻いて言葉を詰まらせた。

「なにかあったんですか？」

「むしろ、なにをやらかしたんだ？」

と、その時、こちらに走り寄ってくる足音が響いた。振り向けば、小銃を携えたハイメだった。鋭い眼差しは、クロラと手錠で繋がれたカルレラに向けられている。

「なにもされてないか？」

「むしろ、こっちがされた方だよ」

カルレラのぼやきに、ハイメが「黙れ」と低い声を出す。ハイメの視線が、クロラとバシュレの頭の天辺《てっぺん》から足の爪先まで確認するように上下する。

「なぜ、リルがこの男を？」

「クライシュナ隊長と一緒にいた際に、脱獄の一報を聞いたんです。それで監獄に戻る前に、クライシュナ隊長の捜索に協力していたら、たまたまカルレラ受刑者を見つけてしまって。手錠を掛けたまではよかったのですが、監獄に戻る途中で警邏隊の隊員に襲われ、街に逃げ込みました」

「その隊員は？」

「この近くの路地裏に。自殺しようとしたので、拘束した上で猿轡を嚙ませてきました。彼のことも報告したいのですが……」

同僚たちの元に戻り、騒動が故意ではなかったことと、他にも自分と同じような隊員がいることを知れば、自殺を思い止まってくれるかもしれない。クロラにしてみれば赤の他人も同然の相手ではあるが、さすがに死なれるのは後味が悪い。

「わかった。リルはカルレラ受刑者を連れて監獄に戻れ。バシュレはその護衛だ。俺は所長に報告しに行く」

「え、報告なら、私が」

護衛、という重要な任務に不安を感じたのだろう。バシュレは慌てたように声をあげた。

「いえ、ここはハイメ一等兵に任せましょう。大丈夫ですよ。護衛といっても、監獄に戻るだけですから」

おそらく、ハイメはバシュレを一人にすることに不安を感じているのだ。

ハイメが駆けつけて来た時は二人一組で行動しているのかとも思ったが、背中に見える小銃にクロラは確信した。もう一人、いたのだ。そして、彼——

もしくは彼女——はなんらかの事情で脱落した。

その原因が誰にあるのか。先ほどのバシュレの態度を考えれば、火を見るより明らかである。たかが報告と侮《あなど》るなかれ。バシュレと一日の大半を過ごすクロラは、彼女を一人にすることの危険性を身をもって知っていた。

「気をつけろ」

「はい」

カルレラがまだホドロフを諦めていないことは明白だ。隙があれば逃げ出そうとするはずだ。

本音を言えばハイメに護衛を頼みたいところだが、バシュレを一人で行動させることの方が不安だった。方法としては、ハイメとともに四人で広場を経由して監獄に向かうという手もあるが、それではかなり遠回りになってしまう。ハイメもそう考えて、指示を出したのだろう。

クロラたちがいる場所から監獄までは、徒歩で十五分ほど。警戒しながら進んでも、二十分は掛からない。

「あ、カルレラさんを捕まえたわけだし、一応、狼煙を上げた方がいいのかな?」

バシュレは思い出したように呟いた。「狼煙ですか?」と首を傾げたクロラに、ハイメがベルトに下げていたものを取り出す。

「脱獄犯を見つけたら狼煙を上げろと言われている。白が発見、赤が捕縛《ほばく》だ。……が、それはカルレラではなく、ホドロフの場合だろう。こいつは見つけて抵抗されたら、即時、射殺しろとの命令だ」

それを聞いたカルレラの頬が引き攣る。遭ったのがバシュレでよかった、とクロラは心の底から安堵した。そうでなければ、今頃、二人仲良く体を蜂《はち》の巣《す》にされていたかもしれない。

「カルレラの生死については、どちらでも問題はないはずだ。所長が危惧しているのはおそらく、こいつがホドロフを殺害してしまうこと。拘束できているのなら問題はない」

「おい。なんで、あいつはホドロフを生け捕りにすることに拘ってる？」

カルレラの疑問はもっともだった。脱獄犯というだけなら、ホドロフもカルレラも立場に違いはない。監獄に入れられる前の階級や、罪の重さに違いはあるが、あのゼータがそんなことに頓着《とんちゃく》するとは思えなかった。

――ホドロフを生かして捕らえることに、なんの意味が？

それが監獄の謎に関係しているのなら、調べてみる価値はありそうだ。

「黙れ」

「ああ？　てめぇは訊かれたことに答えりゃいいんだよ」

「そんなに死にたいのか？」

ハイメとカルレラの間に火花が散る。慌てたバシュレが二人の間に割って入った。

「二人とも、止めてください！　それより、早く監獄に向かいましょう」

ハイメはもう一度、カルレラに鋭い一瞥を向ける。しかし、結局はなにも言わずにその場をあとにした。

「じゃあ、僕らも行きますか」

「う、うん」

バシュレが緊張気味に頷いた。横目でカルレラの様子を窺うと、視線を地面に向け深く考え込むような表情を浮かべていた。ゼータがホドロフに執着する理由でも考えているのだろうか。

「この通りを行って下り坂を過ぎると、海沿いの道に出ます。そこから監獄まではすぐですし、見通しのよい道なのでそう気負わなくても大丈夫ですよ」

「わかった。頑張るね」

早速、というように、バシュレはクロラたちの先頭に立って、辺りを警戒しながら進み出す。クロラは周囲だけでなく、カルレラの動きにも気を配りながらバシュレのあとに続いた。

ちょうど坂を下っていた時、バシュレが驚いたような声をあげる。

「あっ、見て。狼煙が上がってるよ！」

民家が連なっているその奥から、白い煙が空に立ち上っていた。位置的に、だいぶ遠い。東側の畑付近か、とクロラは推測した。

カルレラは厳しい表情を浮かべ、空を見上げていた。狼煙はホドロフが見つかったという証拠。今すぐにでも駆けつけたいに違いない。

「……駄目ですよ」

「うるせぇ。わかってるよ」

「行きましょう」

クロラはバシュレを促した。胸騒ぎがする。ホドロフは特殊な能力を使い、警邏隊を攪乱《かくらん》させた。そんな力があるにもかかわらず、こんなあっさりと見つかったことに違和感を覚える。

そもそもホドロフはなぜ脱獄したのか。監獄から出たところで、狭い島内に逃げ場はない。衝動的な行動だと考えるには隊員たちへの対応が的確だった。

なにより、人を操ることができる――そんな能力を持っているにもかかわらず、なぜ今まで籠の中の鳥に甘んじていたのか。謎ばかりが増える。

海岸沿いに出ると、狼煙が上がった方角に走っていく兵士たちの姿が見えた。囚人服のカルレラにぎょっとする者もいたが、クロラと手錠で繋がれていること、バシュレが傍にいることで護送中だと気付いたらしい。「気をつけろよ」「射殺されなくてよかったな」「悪運の強い奴だぜ」などと、声を掛けて行く。

「どうかしたの、リル君？」

「え？」

「なんか、怖い顔をしてたから」

バシュレが心配そうな口調で訊いた。クロラはもう一度、薄れ始めた煙を見上げる。慌ただしく走って行った兵士たちのように、島内にいる捜索隊はすべて狼煙の元へと駆けつけるだろう。

だが、もしもそれが偽物だったら――。

「バシュレ一等兵。急ぎましょう」

　このまま海岸沿いを進めば、監獄から街に向かう道に出る。そこから監獄までは五分程度の道程だ。

　歩き出したバシュレの背中を見つめながら、クロラは己の推測が杞憂であることを祈った。


「やられた！」

　怒りに染まった声が響いた。珍しく、苛立ちを顔に表したゼータは、火種を手にしたまま茫然と地面に座り込む兵士を睨みつけていた。

　追い掛けて来たラケールも、思わず顔を顰める。狼煙が上がったのは、街の東側にある畑の付近だった。耕された畑の奥には、手付かずの雑木林が残っている。ホドロフの姿はどこにも見当たらない。

「報告しろ！」

　ゼータの怒声に、同じ班の兵士が集まってきた。よりによって第三《うち》の奴らかよ、とラケールは内心で溜息をつく。

　気の毒なくらい真っ青な顔で報告したのは、班の中でもっとも階級の高い兵士だった。

「狼煙を上げたのは、ロウル一等兵です。ご、誤報と思われます！」

「ホドロフを見たのか？」

「いえ。なんの前触れもなく、ロウル一等兵が狼煙を上げました。すぐに気付いて止めようとしたのですが……」

　その本人は、自分がしでかしたことの重大さに魂を飛ばしているようだ。ゼータはロウルを一瞥し、報告を続ける兵士に視線を向けた。

「本人はなんと言っている？」

「それが、狼煙を上げろと、痩せ型男に命じられたそうです」

「ラケール。ロウル一等兵はホドロフと面識が？」

「ありません」

　他部署からの応援要請は滅多にあることではない。

確か、ロウルはまだ第三以外の監房棟に派遣された経験はなかったはずだ。

「奴の顔は知らないわけだ」

「知ってたら、声をあげるなりしていたでしょうね。軍服を着ているので、一瞬で見抜くのは至難の業です。これも、暗示ですか？」

「おそらくな」

「しかし、いったいいつの間に？」

　監獄から広場までは集団で行動している。そこから捜索に向かう際も、三人一班での移動を義務づけた。三人同時に暗示を掛けでもしない限り、誰かが気付くはずだ。

「ホドロフを見た記憶がある者は？」

「ロウル一等兵だけでした。我々は接触しておりません」

　兵士は震える声で答えた。ゼータの怒気に当てられ、今にも倒れてしまいそうだ。救いを求めるようにこっちを見られても困る。

　しかし、幸いなことにゼータの怒りは、目の前の兵士たちではなく自分を出し抜いたホドロフに向けられていた。

「広場だ。混乱の最中、こっそり暗示を掛けられた者がいてもおかしくはないよ。誰もがあの惨状に釘付けで、他人の動向には気付かなかった」

「でも、そう上手くいきますかね？」

「簡単なことだ。〝暗示が解ける直前に狼煙を上げろ〟と命じればいい。暗示に掛かっていても、通常の受け答えができれば怪しまれない」

　ゼータの瞳がゆっくりと細められる。考え込むように、形のよい顎《あご》に手が添えられた。

「暗示に掛けた兵士が、どこに向かうかまではわからなかったはずだ。奴がそんな詰めの甘いことをするわけがない。ということは、奴にしてみれば、街中のどこで狼煙が上がっても変わらないことになる」

「……嫌な予感しかないんですが」

ラケールは頬を引き攣らせた。つまり、ホドロフは広場でこっそり兵士を捕まえ暗示に掛けたあと、近くで身を潜めていたことになる。狼煙が上がり捜索隊の兵士たちが動き出してから、ゆうゆうと手薄になった場所を歩き出す。詰め所を襲った時と同じ手口にまんまと引っ掛かってしまったわけだ。

「引き返すぞ。奴が向かった先は——監獄だ」

まさか、自力で独居房に戻ってるんじゃないだろうな。そんな馬鹿げた考えが、ラケールの脳裏を過った。

第八章

　クロラは辺りを警戒しながら、監獄へと続く坂を上っていた。

　時折、来た道を振り返り、後方確認を怠らない。街の東側から立ち上っていた狼煙は、すでに空に溶けてしまっていた。

「脱獄犯が見つかってよかったね。所長もいるし、きっとすぐに捕まえられるよ」

　足取りも軽やかなバシュレに、クロラは内心で溜息をついた。彼女の中では、すでに一連の事件が解決したことになっているのだろう。あとは、カルレラとホドロフをそれぞれの監房棟に戻すだけだと気楽な気分が透けて見える。

「おい、お嬢ちゃん。まだ終わったわけじゃないんだぞ。軍人なら最後まで気を抜くんじゃねぇ」

「わかってますよ！」

「それなら、さっさと哨戒《しょうかい》しろっての。さっきから適当になってるぞ」

　カルレラの指摘にバシュレは顔を真っ赤にして反論する。しかし、言っていることはもっともだと思ったのか、しぶしぶと辺りを警戒し始めた。それをカルレラが満足げに見やる。

「そうそう。敵が捕まったといっても、なにが潜んでるかわかんねぇからな」

「……ずいぶんと、バシュレ一等兵に肩入れしているんですね」

　クロラは訝しげに首を傾げた。カルレラは兄貴肌なこともあって、第三監房棟一階の中心的人物である。

　彼はバシュレが配属された当初、悪意がなくても受刑者らの生活を脅かすようであれば、全力で追い出していた、と臆面《おくめん》もなく断言していた。バシュレの手綱を握ってくれるクロラに感謝している、と。

カルレラにとってバシュレは、手の掛かる看守という位置づけだったはずだ。それが自分が第三を留守にしている四日足らずの間に、ずいぶんと距離が縮まっていたらしい。

「なんだ、焼き餅か？」

「いいえ。バシュレ一等兵があなたの枷になってくれたら楽だな、と思っただけです」

カルレラはまだ復讐を諦めていない。今後、ゼータからも彼への見張りを強化しろと命令があるはずだ。再度、脱獄を企てれば、ホドロフのように第一か第二の独居房に入れられ、必要以外の出入りを禁止される恐れもある。

カルレラを失った第三監房棟一階が荒れるのは眼に見えていた。それを制御するのは考えるだけでも面倒臭い。

「いや、さすがにそれはねぇだろ」

「そうですか？　馬鹿な子ほど可愛いというじゃありませんか」

「お前、さりげなくお嬢ちゃんを貶《けな》すなよ」

「ふうん。やっぱり庇うんですね」

「だから、違うって言ってんだろうが。なんだその疑いの眼は」

「……カルレラ受刑者は、年下趣味、と。雑居房のみなさんにも教えておきますね」

さぞかし、バシュレとカルレラのやりとりを、生暖かい目で見守ってくれることだろう。あとで絶対に教えよう。

カルレラの脱獄で、クロラは密偵として絶好の機会を逸したのだ。これくらいの復讐は可愛いものである。

「てめぇ、それだけは止めろよ！」

「だったら、今後絶対に、脱獄はしないと誓ってください」

「誓ったところで、話す気満々じゃねぇか」

「ははは。当然です。あなただって、機会があればまた脱獄するのでしょう？」

　クロラは軽口を叩きながら、脳裏では作戦を練っていた。カルレラをクロラたちだけで見張るには限度がある。どうせなら受刑者たちを味方につけ、集団による包囲網を敷いてはどうだろうか。

　カルレラを慕っている受刑者たちも、彼の復讐が難しいことはわかっている。無惨に射殺されて終わるだけだと知れば、協力を取り付けることも可能だ。注意しなければならないのは、その行為がカルレラに対する裏切りだと認識させないこと。そこは言葉巧《たく》みに誘導すれば――と、そこで不意に、バシュレの小さな悲鳴が響いた。

「きゃ！」

　慌てて駆け寄れば、バシュレは尻餅をつき怯えた顔でクロラとカルレラを見上げた。

「どうしたんですか？」

「あ、あれ、蛇っ」

　指差した場所には、草むらから伸びる黒いなにかが道に横たわっていた。近付いてみると、それが蛇ではなくまったくの別物であることがわかる。

「蛇じゃありませんよ」

「え？」

「これは……サーベルの鞘ですね」

　きょとんとした表情を浮かべるバシュレに、クロラは手にしたものを振って見せる。細身の棒のようなそれは、意外にも手にずっしりとくる。

「警邏隊の落とし物でしょうか？」

　この辺りはちょうど、ララファを護衛に、監獄に向かっている最中、操られた隊員に襲われた場所でもある。この鞘は、悶着《もんちゃく》の際にどちらかが落としたものだと思われた。

「な、なんだ。鞘かぁ。蛇かと思ってびっくりしちゃった」

「あとで詰め所に届けておきます。それよりも、早く監獄に……どうかしました？」

　クロラは、なぜかカルレラがサーベルの鞘を凝視していることに気付いた。

「俺たちが行きにここを通った際、こんなものはなかったよな？」

「ええ」

「つまり、だ。これは俺たちが街に向かったあとで、ここに放置されたってわけだ」

　ずいぶんと引っ掛かる言い方だ。クロラから鞘を受け取ったカルレラは、口の部分を示した。

「警邏隊員のサーベルは、みな同じ型だ。だが、使い続けていれば愛着も湧《わ》く。なにかの拍子に他人の物と交ざってしまった場合でもすぐに所有者がわかるように、剣と鞘に印をつける。俺は〝勝負運〟を意味する印。クライシュナは家紋だ」

　鞘を見つめるカルレラの瞳が懐かしげに細められた。そこに刻印されているのは、小さな花。

「そして、あいつは……ホドロフの印は〝フィナの花〟」

　クロラは息を呑んだ。なぜ、ホドロフの持ち物がこんな場所に転がっているのか。なにより鞘があるなら中身はどこに……。

「もう一つ。鞘には秘密がある」

　クロラは強い力で、手錠が嵌められている方の腕を引かれた。体が地面に倒れ込む。肩を打ちつける痛みに顔を顰めれば、ぱきん、と金属が擦れる軽い音が響いた。

「――これ自体が、武器になるように作られてるんだよ」

　手錠の鎖部分が押し潰されるように千切られていた。鞘を持ったカルレラが、さっと身を翻《ひるがえ》す。向かった先は狼煙が上がった方向ではなく、船着き場へと続く坂道だった。

「くそっ！」

　ホドロフの使っていた鞘がここにあるということに気を取られ、隙を突かれてしまった。虎視眈々とクロラの油断を狙っていた。

「追い掛けますよ」

「う、うん!」

バシュレを連れて走りながら、クロラはカルレラの行動に疑問を覚えていた。なぜ、街ではなく船着き場に向かったのか。それに、この場にあるはずのないホドロフの私物が意味することとは——。

「やっぱり……」

クロラは走りながら空を見上げた。もしも、あれがホドロフによって仕掛けられた罠だったとしたら。捜索隊の面々はよほどの事情がない限り、ほぼ全員、狼煙の上がった方へと向かったはずだ。

ホドロフは逆に、狼煙から遠ざかればいい。でも、ただ逃げるためだけに、わざわざ捜索隊を一箇所に集めるだろうか。一度目は成功しても、二度目、三度目は不可能だ。なにか特別な脱出方法でもない限り、いずれホドロフは捜索隊に捕らわれるだろう。

そもそも独居房で見たホドロフと、脱獄後の行動がそぐわない。まるで別人のようだ。それとも、監獄での立ち振る舞いはすべて演技だったとでもいうのか。

そこで、クロラは街の方からこちらに走り寄ってくるラファ・クライシュナに気付いた。

「クロラ一等兵? カルレラは監獄に収監されたのか?」

しかし、引き千切られた手錠を見て、ララファの顔が険しげに顰められる。「逃げられました」と短く告げれば、彼女もクロラたちに続くように走り出した。一方、バシュレはララファの存在に気付かないようで、見失って堪るかというような形相でカルレラを追い掛けている。

「クライシュナ隊長は、なぜこちらに?」

クロラは並走するララファに話し掛けた。ホドロフが見つかったのだ。真っ先にそちらに向かってもおかしくはない。

「狼煙が上がった方角に行かなくてもよろしかった

のですか?」

「……気になることがあった。わざわざ警邏隊を混乱させるなど、大掛かりなことをやったわりには捕まるのが早過ぎる。狼煙が誤報ということも考えられた」

どうやら、ララファもクロラと同じ疑問を抱いたようだ。

「ですが、なぜこちらに?」

「勘だ」

「はあ……」

何事も理論尽くめで行動するクロラの上司と、目の前の女性が実の兄妹だとは思えない。むしろ、似たところを探す方が難しいだろう。

「それに、もしも私が脱獄犯なら、警備の手薄な場所に向かう。今は街をうろつく方が危険だ」

警備が手薄な場所――それは、監獄だ。

ララファは万が一のことを考え、こちらに向かったのだ。

「警邏隊の方々を連れては来なかったんですか?」

「街の警備を優先させた。私はどうしても確認したかったから……」

そこでララファは言葉を濁した。本来ならば警邏隊長として、街で指揮を執らなければならないところを、単独で行動していることに罪悪感があるのかもしれない。

確かに、指揮官として褒《ほ》められたものではない。気になるのであれば、まずは部下を偵察に向かわせるべきだ。自らが隊を離れ、確認に向かう隊長がどこにいるというのか。

クロラの内心を察知したわけではないだろうが、ララファが早口で付け加える。

「むろん、なるべく早く街に戻るつもりだ。私は監獄の敷地内を自分で捜索しようとは思っていない。こちらに逃げ込む可能性があることを、せめて忠告だけでもと思ったのだ」

ならば、なおさら部下に行かせるべきだ。しかし、ララファの脳裏には傷ついた部下たちの姿があり、二の舞を避けたいと無意識に体が動いたのかもしれない。

三人の目の前を逃走するカルレラが向かっているのは、受刑者を監獄に連れていく際に使う、断崖絶壁に造られた階段だった。切り立った崖の側面を這うように、監獄の敷地へと続いている。階段を登り切れば監獄はすぐ目の前だ。

「奥の手なんですが……」

武器を持ったカルレラを監獄に入れるわけにはいかない。クロラは溜息をついて、ベルトに隠していた武器、その二――ワイヤーを取り出す。ズボンのポケットに隠しておいた特製の手袋を嵌め、前を走るバシュレに声を掛けた。

「バシュレ一等兵。小銃で階段付近を狙ってください。カルレラ受刑者を撃つのではなく、あくまでも足止めです」

「わかった」

顔を強張らせていたバシュレが、素早く小銃を構えた。これで手元が狂ってカルレラが死ぬようなら、運がなかったと諦めてもらうしかない。

「クライシュナ隊長は、バシュレ一等兵の援護をお願いします」

「ああ」

クロラになにか考えがあるとわかったのか、ララファは異を唱えることなく頷いた。カルレラの実力は不明だが、万が一、方向転換してこちらに向かってきた場合、バシュレ一人では抑えられない恐れがある。どんな怪力でも、避けられてしまえばそれまでなのだ。ララファを側に置くことで〝もしも〟の可能性を潰す。

断続的に響く銃声を聞きながら、クロラは手頃な石を捜した。銃弾を撃ち尽くしてしまったら、こちらの負けだ。見つけた石に手早くワイヤーを巻き付ける。

石を頭上でぐるぐると振り回し、崖の中腹から生える一本の木目掛けて投げつけた。幼い頃からの修練の結果、今では百発百中の腕前だ。

　あとは円を描くように走り、遠心力を利用して体を浮かせる。宙でくるりと一回転すれば、階段の中程に着地した。

　目標がわずかでもずれれば崖下に真っ逆さまという、なかなか度胸を試される荒技だ。しかも、ワイヤーは木に絡まっているため一度しか使えない。あとで回収しなければ。強度のある特殊なワイヤーはかなり高額商品なのだ。

「降参してください」

　階段の前方にはクロラが、後方にはバシュレとララファが待っている。挟み撃ちの状況に、カルレラは憎々しげな表情で足を止めた。

「……おいおい。なんでクライシュナ副隊長も増えてんだよ」

「運がなかったですね」

　カルレラが向かってくるとすれば、小銃を棍棒《こんぼう》のように構えるバシュレと、サーベルを抜刀し隙なく様子を窺っているララファの方ではなく、階段の上に陣取る手ぶらのクロラの方だろう。そう推測したクロラは、カルレラを見据え油断なく構えた。

　だが、彼が選んだのはバシュレたちだった。

　地面を蹴って、弾丸のようにバシュレとララファに向かって駆け出す。その表情はどこか必死で、クロラは違和感に眼を細めた。さらにカルレラが持っていた鞘を投げ捨てたことで、それは決定的になる。

　バシュレが小銃を握り締めたまま、立ち竦む。武器を放り出したカルレラに困惑しているようだ。ララファも同じようで、訝しげに眉を寄せていた。それでも、バシュレを庇うように前に出る。

「伏せろ！」

　カルレラの声が響く。ララファはとっさに反応して、地面に身を伏せた。しかし、バシュレは動こうとしない。否、動けないのだ。カルレラがバシュレに向かって手を伸ばしたとほぼ同時に、一発の銃声が船着き場に響いた。

「バシュレ一等兵！」

庇うように覆い被さったカルレラの肩が、真っ赤に濡れていた。自分を覆う巨体に気付いたバシュレは、必死にカルレラの名前を呼んでいた。その背中はぴくりとも動かない。

「小銃を構えろ！」

彼女たちを狙撃した者がいるのだ。

クロラの呼び掛けに反応したバシュレが、カルレラを抱き寄せながら血の気の引いた顔で辺りを見回す。ララファも二人を守るようにサーベルを構え、辺りを警戒する。

クロラが駆けつけるより先に、その人物は音もなくバシュレの隣に姿を現した。銃口が、バシュレの頭に押し当てられる。

「戦闘力《せんとうりょく》の高いララファを無力化しようとしたんだけど、結果的にはよかったのかな？　カルレラもそこそこの強さだから」

にこやかな笑みを浮かべる男――ホドロフは、穏やかな口調で告げた。至近距離にいるララファも、バシュレを人質に取られ動くことができない。階段を降りたクロラは、慎重な足取りで距離を詰めた。

「そこまで。近付いたらこの子を撃つよ」

「小銃をどこで手に入れたんですか？」

「そこの階段を警備していた子にもらっちゃった。サーベルは鞘を取ったら軽くなったけど、振り回すには体力が必要だから。重いよねぇ、これ。昔は振り回せていたんだけどなぁ」

ホドロフはうんざりといった表情で、肩を竦めて見せた。

重いと言いながらも、その腰にはしっかりと抜き身のサーベルが下げられている。クロラは生唾を呑み込んで、ゆっくりと口を開いた。

「……なにが目的です？」

島からの脱出は外からの協力がない限り、不可能に近い。それをホドロフがわからないはずがない。

ならば、なぜ彼はこんな無意味とも思える行動をするのか。

「大事な用事はもう済んだんだけど、ちょっとだけ気になっていることがあって、君を捜していたんだ。でも、君の眼、〝赤〟じゃないんだね」

　この瞳が赤かったらいったいなんだというのだ。そういえば以前、ゼータからも同じような言葉を聞いた覚えがあった。

〝――私は白い髪と赤い眼が嫌いなんだ。眼の色は違っててよかったな。こっちは、私の好きな色だ〟

　ゼータは赤い瞳を憎んでいた。ホドロフは逆に、赤い瞳ではないことに落胆した。この違いはなにを意味しているのか。

「もしも僕の眼が赤かったら、なんだと言うんです」

「……ああ、うん。そうだよね。君はあの人じゃない。赤かったら、単純に嬉《うれ》しいってだけかな」

　クロラは訝しげにホドロフを窺った。脱獄の最中に、そんな馬鹿馬鹿しい理由でクロラを捜していたというのか。

「せっかくここまで上手く行ったのに、君のことは俺の勘違いだったみたいだ」

　ホドロフは残念そうな口調で肩を落とした。そんな一連のやりとりを黙って聞いていたラファが、疑問を投げ掛けた。

「……あなたは、誰だ？」

　いつでも飛び掛かれるようにサーベルを構えながらも、ラファの瞳は困惑に揺れていた。

「あなたは、私の知るアレクシス隊長ではない。まるで、別人だ」

「今頃気付いたの？」

　あまりにも呆気《あっけ》なく、ホドロフは自分が別人であることを認めた。それに、ラファが怒りに体を震わせながら叫ぶ。

「あなたは、初めから私たちを騙していたのか！」

「違うんだけどなぁ……説明するのも面倒だし、理解してもらえるとも思えない。騙されたって思いたければ、思えばいいよ」

どういう意味だ、と問う前に、ホドロフがその場から飛び退《の》いた。筋力が衰えている割には、俊敏《しゅんびん》な動作である。

「なんだ、まだ意識があるんだ？」

「……うるせぇ」

バシュレに支えられるようにして立ち上がったカルレラだったが、痛みが酷いのかすぐに膝をついてしまう。しかし、憎しみの籠もった視線はホドロフから外れない。

「なんでだ。なんで、ディアスを殺した。あんただって、あいつの結婚式に出ただろ。いい奴だって言ったくせに、どうしてあいつを殺した！」

ホドロフは不思議そうに首を傾げた。ディアス、ディアス、と名前を復唱する。しかし、すぐ諦めたように首を振った。

「誰だっけ？」

「てめぇ……！」

激昂《げっこう》したカルレラが、ホドロフに摑み掛かろうとした。だが、寸前のところでバシュレに阻止される。今度はホドロフの銃口はカルレラに向けられていた。バシュレが止めなかったら、確実に撃たれていたはずだ。

「君たちは邪魔だね。俺は彼と話がしたいんだ。時間も限られているし——でも、ただ撃ち殺すだけじゃつまらないよね」

逃げろ、と叫んだのは、クロラだったか、それともカルレラだったか。バシュレの顔を覗き込むようにして、ホドロフは告げた。

「〝マリオ・カルレラを殺せ〟」

「……はい」

バシュレの瞳から光が消えた。銃口をカルレラに向け、なんの躊躇いもなく引き金に指を掛ける。だが、響いたのは銃声ではなく、カチッ、という乾いた音だった。

どうやら先ほどの牽制《けんせい》で弾を撃ち尽くしてしまったらしい。カルレラの悪運の強さに、クロラは安堵の息を吐いた。

弾がないとわかったバシュレは、銃身を握るとそれを棍棒のように振り回し始めた。弾切れの小銃でも、バシュレが手にすれば一級の破壊力を持つ兵器に早変わりする。

振り下ろされた小銃を、カルレラが紙一重で躱す。コンクリートで覆われた地面が——陥没した。小銃の銃床も原形をとどめないくらいひしゃげている。あれを生身の体に食らったら一溜まりもない。

幸いだったのは、操られているせいでバシュレの動きが単調なことだ。あれならば怪我を負ったカルレラでもなんとか避けられる。ただ、暗示が切れる前に、カルレラの体力が尽きればそれでお終いだ。

「カルレラ！」

「あんたはそっちをなんとかしろ！」

加勢しようとしたララファに、本人が手助け無用とばかりに叫んだ。優先順位を考えれば、ホドロフの捕縛が上である。

「……観念してもらいましょう」

ララファが低い声で告げる。しかし、相手は殺傷力の高い小銃を持っている。そう簡単に抑え込める相手ではない——そこで、ホドロフがなんの予告もなく引き金を引いた。銃口はララファに向けられている。

「クライシュナ隊長！」

まずい。そう思うより先に、銃声が船着き場に木霊《こだま》する。真っ直ぐに放たれた銃弾は、サーベルによって弾かれた。真っ二つに切断された弾が、ララファの足下に転がる。

「私に小銃は効きません」

「いやはや、相変わらずの化け物だね」

そういえば、ゼータも小銃の弾の軌道を見切っていたな、とクロラは遠い目をした。敵国からは悪魔と恐れられた祖父に鍛えられたクロラでも、そんな人間離れした芸当はできない。両者とも実力で今の地位にのしあがっただけのことはある。

「しかたないなぁ」

ホドロフは小銃を捨て、同じようにサーベルを手に取った。そして、隙なく構える。筋力が極端に落ちたとはいえ、仮にも三年前までは警邏隊の隊長を務めていた人間だ。油断して掛かれば、痛い眼を見ることになる。

ララファは音もなく地面を蹴った。流れるような動作に眼を奪われる。真っ直ぐ、相手の肩を狙った一撃をホドロフはサーベルで受け止め、体をわずかにずらすことで勢いを殺した。

「やはり、あなたは隊長と同一人物ではない」

「さすがに剣筋まで真似は難しいからねぇ」

激しい鍔迫《つばぜ》り合《あ》いに、クロラは加勢を諦める。自分が下手に介入しては邪魔になるだけだ。得意な接近戦でも、ララファに勝てる気がしない。そして、それを紙一重で受け流すホドロフにも。

「なら、隊長はどこにいる……！」

ララファの鋭い突きがホドロフを襲った。また受け流される、と思った一撃は、吸い込まれるようにホドロフの左肩を貫く。ララファの眼が驚愕に見開かれた。

ホドロフの目的に気付いたクロラは、反射的に叫んだ。

「早く離れて！」

ララファがサーベルを引き抜こうとした。もしもクロラの声に反応し、武器を諦めていれば間に合ったろう。

サーベルが傷口に食い込むにもかかわらず、ホドロフはララファの腕を掴み引き寄せた。

「〝クロラ・リルを殺せ〟」

血塗れのサーベルが傷口から引き抜かれる。さすがにホドロフの顔も痛みに歪んだ。クロラがとっさに摑んだのは、カルレラが投げ捨てたサーベルの鞘だった。それを構えた瞬間、ララファが一陣の颪のように斬り掛かってきた。

「くっ！」

思わず後ろに倒れてしまいそうなくらい、一撃が重い。鞘を握る手が、衝撃にビリビリと震えた。ホドロフは劇でも鑑賞するかのように、楽しげな笑みを浮かべている。

一方、その背後では、カルレラとバシュレの熾烈《しれつ》な追いかけっこが繰り広げられていた。カルレラの顔色は真っ白だ。肩からの出血の上に、バシュレを相手に大立ち回りを演じているのだ。気絶しないだけでも上出来である。

――バシュレが正気に戻るまで保たないかもしれない。

ララファの斬撃《ざんげき》を必死に躱しながら、クロラは冷静に考えた。カルレラが倒れたあと、ホドロフはバシュレをクロラに向かわせる恐れがある。ホドロフとしても、二人が暗示に掛かっている間にクロラをなんとかしなければと考えているはずだ。

今でさえ急所を避けるので精一杯なのに、ここにバシュレまで加わったら確実に死ぬ。かといって、ララファたちを見捨てて逃亡するわけにもいかなかった。正気に戻ってからの追撃を恐れたホドロフが、二人を殺害する恐れがあるからだ。

ならば、なにがなんでもカルレラが倒れる前にララファをどうにかしなければ。

「一か八か……」

クロラは鞘を投げ捨てると、相手のサーベルを両手で摑んだ。普通なら指が落ちている。だが、手に嵌めている手袋は特殊な糸が編み込まれた特注品だ。強靭《きょうじん》なワイヤーを扱うにあたり、手を保護するための一品である。

刃物でも斬れない。

それでも、一度手を放せば、手以外の無防備な場所を狙われてお終いだ。クロラはサーベルを握ったまま、ララファの足を払った。倒れるまではいかないが体の均衡を崩すことには成功する。

　クロラはサーベルから手を放し、素早くララファの背後に回り込んだ。そして、渾身の力で首筋に手刀を落とす。

　とん、と軽い音が響くと同時に、ララファの体が力なく地面に崩れ落ちた。

「あれぇ？　まだ暗示は効いてるはずなんだけど……」

　ホドロフが不思議そうに瞬きを繰り返す。

「人間は、首の後ろに神経が集中しているんですよ。その一点に手刀を打ち込めば、一撃で相手の自由を奪うこともできます」

　祖父に教わった、一撃必殺の技である。ただ、失敗すると相手に後遺症が残る恐れがあるので、できれば使わずに封印しておきたかった技だった。効果は人にもよるが、数分で起き上がれるものではない。ララファが感覚を取り戻す頃には、暗示も解けているはずだ。

「観念してください」

「その傷で俺を捕まえられるのかな？」

　ホドロフの指摘に顔を歪ませる。ララファの一撃を手で防いだクロラだったが、勢いまでは殺せず左肩をサーベルで切り裂かれていた。

　傷はそう深くはない。ただ範囲が広く、出血も多かった。このまま動き回れば、いずれ失血のため気絶する。

「……どうせ、ここで僕を殺しても、すぐに所長たちが駆けつけて来ますよ。すでにあの狼煙が偽物だと気付いたはずです」

「うん、そうだろうね」

　ホドロフは余裕の笑みを浮かべていた。そう掛からずにゼータが戻ってくるというのに、なぜここまで落ち着いていられるのか。

「ゼータは戻ってくるだろうね。俺の本当の狙いが監獄にあると勘違いして。きっと、こっちに気付かずに、真っ直ぐ監獄に行っちゃうんじゃないかな」

クロラは内心で舌打ちした。位置的な問題で、監獄へと向かう一本道からはクロラたちがいる場所は見え難い。船が泊めてある場所まで行かなければ、異変に気付いてはもらえないだろう。

「でも、所長なら」

「むりだよ。だって、彼は今、とっても焦っているんだ。冷静な判断なんかできっこないよね」

「どういうことです？」

「白か黒か疑っていた相手が、ようやく尻尾《しっぽ》を出したんだ。興奮のあまり思考回路が鈍っても当然だよ。おかげで面白いくらい、俺が用意した罠に掛かってくれたし。今も、俺があの部屋に侵入しているんじゃないかって、気が気じゃないはずだ」

「あの部屋？」

初めは時間稼ぎのつもりで話し始めたが、クロラの脳裏をある可能性が過った。

――ホドロフはグルア監獄に隠されている謎を知っている？

「時間稼ぎはここまでだ。どうせなら、君にも暗示を掛けてみようかな。相手は、ゼータだ」

とっさに臨戦態勢を取ろうとしたが、それよりも先に両腕の手首を握り締められてしまう。ガリガリに痩せたその腕のどこにそんな力があるのか、と疑いたくなるくらいの強さで押さえ込まれる。あまりの痛みに吐き気がした。

「くそっ！」

ホドロフの眼が、クロラの視線に重なった。

駄目だ。見るな、と思っても眼が離せない。闇を閉じ込めたように真っ黒な瞳は、クロラに恐怖心を抱かせた。

唐突に、圧迫感と息苦しさを感じた。なにかが頭に入って来ようとする。気持ちが悪い。クロラはそれを必死に押し出そうと抵抗した。眉間《みけん》を汗が伝って行く。

何十分、何時間にも感じられたそれは、唐突に終わりを告げた。

「――効かない」

「え」

不思議そうに呟いたホドロフは、なぜか一転して嬉しげに微笑んだ。心なしか、声音《こわね》まで喜色に弾んでいるように聞こえる。

「ねぇ、君は誰？」

暗示に掛かっているなら、クロラは正直に答えたはずだ。

自分の体はホドロフに主導権を明け渡してはいなかった。違和感はあった。だが、暗示が掛からなかったことに、クロラは動揺する。

「あなたの方こそ、誰、ですか？」

辛うじて絞り出した声は、自分でもわかるくらいに緊張でしわがれていた。

独居房で会ったホドロフと、目の前の人物がどうしても一致しない。それは脱獄してからの彼の行動全般に感じていたが、実物を目の前にすると違和感はよりいっそう強くなる。

この男は誰だ。

自分の知るアレクシス・ホドロフではあり得ない。

いつの間にか手首を掴んでいた男の手が、クロラの頬に触れていた。滑るような手付きで頬を撫で、乱れていたクロラの髪をそっと耳に掛ける。向けられる視線は、どこまでも優しい。

「君はあの人の子供であるわけがない。でも、この力が効かないのは、俺たち仲間だけ。ねぇ、もう一度訊くよ。君は――」

誰、という問いは、ゼータの鋭い声で遮られた。

「そこまでだ」

男が振り返る。その肩越しに、憎しみを露《あらわ》にしたゼータの姿があった。その背後で、バシュレを取り押さえるラケールとアリアガの姿もある。カルレラはなんとかバシュレの攻撃を躱しきったようだ。出血する肩を押さえ、地面に倒れ込んでいる。

「よくも私を謀《たばか》ってくれたね。覚悟してもらおうか」

「これはこれは。遅いお出ましで」

にっこりと微笑んだ男は、サーベルをクロラの喉に宛《あて》がった。そのままクロラを盾《たて》にして、男は後ろに下がる。

「人質を取ったつもりか？」

「まさか。君は部下だろうが誰だろうが、目的のためには容赦なく切り捨てるような人間だ。三年前も俺を誘《おび》き出すために、わざと部下を見殺しにしたくせに」

クロラは思わずゼータを見詰めた。不快だ、といわんばかりの顔をしたゼータは、鼻先で笑って見せる。

「なんの話かわからないな」

「一人目が失踪した時点で、俺のことを怪しんでいたよね。でも、確信がなかった。だから、二人目、三人目と俺が動くのを待った。俺が失踪事件の捜査を警邏隊に任せてほしいと言った時も反対することなく承諾した。そうでしょう？」

返答はない。男の話を聞いたカルレラが、ゼータに掴み掛かろうとしたところを、ラケールに押さえつけられていた。

「なぜ、監獄に向かわなかった？」

「騙されて監獄に戻ったんでしょう？　ねぇ、憎くて堪らない俺に騙されるのって、どんな気持ち？」

「それは貴様もよくわかっていると思うが」

はぐらかしたな、とクロラは直感で悟った。なぜか男は、監獄に向かわなかった理由を――クロラに会って眼の色を確認したかった、という事実をゼータに知られたくはないようだ。だがクロラとしても、自分が注目されるのだけは御免被りたい。

「ご託はそれだけか？」

ゼータは眼を細め、うっすらと笑みを浮かべる。クロラの肩に置かれていた男の手に、少しだけ力が籠もった。

「残念。時間切れだ」

「え？」

男はクロラの耳元で囁《ささや》く。

「俺は七兄弟の四番目、〝ビセンテ〟」

背中を強い力で押され、クロラは前につんのめった。ゼータが恐ろしいほどの形相で駆け寄ってくる。振り向いた瞬間、視界が赤く染まった。

クロラを突き飛ばしたゼータが、倒れた男の体を摑みあげ、なにか叫んでいる。首を絞めているように見えたのは、サーベルで切り裂かれた場所を指で止血しているためだった。男の落ち窪んだ眼窩から、さっと光が失われていく。止まることのない鮮血が、コンクリートの地面に広がって――。

ビセンテの唇が微かに動いた。

喧噪《けんそう》はまったく聞こえないのに、彼の声だけがクロラの耳に届く。

「〝――ラフィタ〟」

甘く、囁くように。それは胸を締めつけられるほど、切ない響きだった。

第九章

サライ国首都、サウガ。北海に流れ込むリリフ河近くに位置し、国内でも数少ない肥沃《ひよく》な農地を抱える都市でもある。さらに車で半日ほどの距離には大規模な鉱山が二つ。首都だけに国内でも、一、二位を争う流通の要《かなめ》とも言える場所であった。

国軍統括《とうかつ》本部内、第六連隊隊長室。会議のため首都を訪れていたディエゴ・クライシュナ中佐は、眉間に皺を寄せて数枚の報告書を眺めていた。

今年四十一歳になるディエゴは、軍人にしては温厚で物腰が柔らかい、というのが周囲からの評価だった。しかし、親しい者たちの証言は真逆である。

合理主義者。冷酷無比。そして、そんな人物評価を鼻先で一笑に付すような人間だった。

容姿は事務方の女性兵士が色めき立つ程度には整っている。早くに妻を亡くし、以来独身を通しているというのももてる要因の一つだろう。後ろに撫でつけられた髪を襟足で揃え、軍服の着こなしには一分の隙もなかった。

黒縁の眼鏡《めがね》を外し、眉間を軽く指先で摘《つま》むように圧迫する。眼を休めるために室内をぐるりと見渡し、溜息をついた。

連隊長室はくつろげるようにと、できるだけ地方都市ウエラにある、第六連隊基地と似た内装を指示している。

執務机の手前には二人掛けのソファーが二つ、ガラス製のテーブルを挟んで向かい合わせに置かれている。壁際にある本棚には、軍に関係する歴史書や資料が隙間なく並んでいた。

「やはり調べさせた意味がなかったな……」

机上に置いた書類は、前グルア監獄所長に関する調査報告書だった。ゼータが監獄に配属されたのが十五年前。一年と経たないうちに所長をはじめとする将官たちが解任され、本土へと戻された。

理由は、受刑者たちへの暴力、理不尽な言い掛かりによる刑期の延長、軍事費の横領など、枚挙に遑《いとま》がない。よくもまあここまで積み重ねたものだ。報告を受けた上層部は、異例とも取れる速さで彼らを処罰した。

議員たちに勘付かれる前に、さっさと処理してしまいたかったのだろう。本土を遠く離れた孤島、それも軍専用の刑務所ということもあって、隠蔽は誰に知られることなく完了した。

前所長らは軍を退役し、残った者も僻地《へきち》に飛ばされるなどの憂き目を見た。自らがグルア監獄に送られなかっただけ、ましと言える。

ディエゴはその一人一人の消息を、部下に調べさせた。誰か一人くらいグルア監獄の謎について、なんらかの情報を持っているのではないかと考えてのことだ。

当然、関係者たちには箝口令が敷かれているだろうが、十五年という歳月が口を軽くする場合もある。金銭の要求があればよほど法外な額ではない限り応じるつもりだった。

しかし、どの報告書にも、最終頁には〝死亡〟の二文字が書かれていた。関係者は六名。その全員が解任されてから一年以内に、病気か事故で亡くなっているのだ。

病死といっても素直に信じがたい。検死に当たった者に金でも握らせれば、よほど事件性でもない限り、死亡報告書はすんなり受理されてしまう。つまり、事故死を含め、他殺の可能性を排除できないというわけだ。こんな偶然があるわけがない。十中八九、軍の上層部が関わっているはずだ。

「想像はしていたが、ここまで徹底するか」

故人たちがそれだけ信用のない人物だったのか、

上層部が念には念を入れたのか。どちらにせよ、グルア監獄にはそこまでしなくてはならないほどの秘密が隠されているということだ。これは一筋縄ではいかないようだ。もっとも、この程度の障害で調査を諦めるつもりもないが。

これからの行動を考えていると、扉を叩く音に続き、「チャベスです。よろしいでしょうか」と副官の声が聞こえた。ディエゴは、「入れ」と短く声を掛ける。

「失礼いたします」

アダン・チャベス中尉は、副官として十年以上もディエゴに仕え続けている。ディエゴより四歳年上で、厳《いか》つい顔に似合いの屈強な肉体の持ち主である。体術に優れ、腹心兼、護衛として重用している。

「準備が整いました」

「そうか」

報告書をチャベスに渡し、「処分しておけ」と命じる。用意された車に乗り込み、街を走ること二十分。人気のない路地裏で別の車へと乗り換える。

内部は運転手と後部座席の間に仕切りがあり、こちらの声は聞こえない作りになっている。広さも充分に取られ、大人が三人並んで座ってもまだ余裕があるだろう。ディエゴが後部座席に収まってすぐ、車は走り出した。

中でディエゴを待っていたのは、中央議会議員、エルノ・オルモスだった。

年齢はディエゴと変わらないが、童顔のせいか確実に五歳は若く見える。癖のある髪を上品に整え、緑色のこざっぱりとしたスーツ姿である。

顔立ちも柔和で、春先の日向《ひなた》のような人物だ、というのが政治担当の新聞記者たちの共通した認識だ。ディエゴとは古くからの友人で、義理の兄でもある。ディエゴの亡き妻がオルモスの妹なのだ。

「待たせたな」

「緊急の用事が入らなくてよかったね」

「まったくだ」

首都に来てから、毎日が会議や会談の嵐である。会議はまだいい。予定として組まれたものが大半だからだ。しかし、会談のほとんどが議員の相手で、どれも直前になって代理での出席を押しつけられてのことだ。

「いつもは田舎《いなか》に引っ込んでいるのだから、こんな時くらい役に立てという嫌味つきだ」

「首都にいて、なんにもしない人たちに言われてもねぇ。代理として出席する代わりに、代理として出席を頼まれている他の会談に出てください、とでも言ってみれば？」

「言えるものなら言っている」

隊長席を狙う者は多い。軍の最高権力者である元帥《げんすい》の地位に就くためには、隊長職を務め上げなければならないからだ。腹立ちに任せて反論し、不要な敵を作るのは得策ではない。

「お互い、立場の弱い間は大変だねー」

オルモスは疲れを滲ませた顔で肩を竦めて見せた。

オルモスは保守派だが、裏では改革派との均衡が極端に崩れないように調整に暗躍している。ここ数ヶ月はグルア監獄の問題が原因で改革派の勢いが増しているおかげで、寝る間もなく飛び回っているらしい。

「そちら側でなにか変わったことは？」

「改革派は相変わらずだよ。軍費削減を掲げて猛進してる」

「軍が監獄に調査団を送り込んだことに対しての反応は？」

「そろそろ調査期間が長すぎる、って抗議が行くと思うよ。まあ、深慮ある議員はそれが形だけのものだって理解してるけどね。軍はこれからどうするつもりなのかな？」

「普通ならば、人身御供を選んですべての罪をなすりつけるところだが……その気配はない」

古来、よく使われてきた手段だ。一部の人間に責任を押しつけ、処罰する。あとはその関係者が退役するか自殺して終わり。人々の眼はすぐに別の話題へと向けられる。

「あくまでも、グルア監獄への予算配分は正当なものだったとして処理したいのかもしれない。そうすれば誰も処罰されることはなく、来年度以降も監獄の予算を減額せずに済む」

「さすがにそれは認められないよ」

オルモスは後部座席のシートに背を預けながら、呆れ気味に首を振った。

「グルアよりも規模の大きい刑務所だって、その十分の一以下の予算額なんだよ？　いくら立地が不便だからといって、あまりにも不自然な金額だ。納得できる理由が示されない限り、改革派の議員はしつこく食い下がるだろうね」

「わかっている。だが、まったく情報がこちらに下りて来ないんだ」

つまりそれだけ極秘にしなくてはならないなにかがあるのだ。それなのになぜ予算に関する資料が流出することを阻止できなかった、と問い詰めたい気持ちでいっぱいだ。

「君からの情報提供が頼みの綱なんだけどね。一枚岩ってわけじゃないけど、やっぱり手強いよ、軍の上層部は。改革派はいったいどうやって彼らから予算資料を手に入れたんだろうねぇ」

「そういえば、その経路も不明なままだな」

流出させた人物も特定されていないらしい。関係者を一人一人洗っていけば怪しい人間にぶち当たるものだが、未だ捜索は難航しているようだ。

「お前も探ってはいるのだろう？」

「もちろんだよ。改革派の方にも、あの手この手を使って探りを入れてはいるんだけど、想像以上に守りが堅くてね」

オルモスの情報網は広い。それを駆使してもなお、なんの手掛かりも得られないというのは異常だった。

「ああ、そろそろだね」

二十分ほど走ったところで、車はとある高級ホテルの地下駐車場に滑り込んだ。数十台の車が停められているが、人の気配はない。オルモスがさりげなく人払いをしておいたのだろう。しばらくすると、後部座席の扉が開き小太りの男性が滑り込んできた。

　年齢は五十を過ぎたあたり。もともとは彫りの深い顔立ちだったが、会う度に増えていく体重のせいで若かりし頃の面影はなくなっている。頭は見事に禿げあがり、残った部分も短く調えられていた。

　デニス・リベラ。中央議会議員、議会長を務める人物である。

「お待たせして申しわけない」

「とんでもありません。むりを申し上げたのは、こちらの方です」

　隣に座ったリベラに、ディエゴは人当たりのよい笑みを浮かべる。

　リベラは保守派に所属する議員だ。保守派は昔から軍部との癒着《ゆちゃく》が問題視されているため、現在の微妙な情勢下で表立ってリベラと会うことはできない。下手をすればリベラの失脚に繋がる恐れもあった。

　そこで提案されたのが、車内での密談だ。ディエゴが一歩も外に降りなければ、誰かに目撃される危険もない。それに、リベラが誰かと車内で密談していたことがばれても、相手はオルモスだったと言い訳すればいい。実際、オルモスと会ったことに間違いはないのだから。

「すまない。自己紹介といきたいところだが、時間がないので手短にお願いするよ」

　緊張しているのか、リベラの視線は絶えず車内をさ迷っていた。リベラは議員たちの中でも、気が弱いことで有名だった。

　それでよく議員にしかも議会長になれたものだと、陰口を叩かれているらしい。苦労性だが要領がいいので、いつの間にか議会長席に座っていたんだって、とオルモスが気の毒そうに言っていた。

「ヘロニモ・ブレトン大尉について、お訊きしたいことがあります」

　単刀直入に切り出すと、リベラは驚いたように眼を瞠った。

「ブレトン大尉とは親しい間柄だったと伺っています」

「確かに、私と彼は学生時代からの付き合いだった。しかし、ヘロニモは十四年も前に亡くなっているよ。今更、彼のことを聞いてどうするつもりなんだい？」

「当時のことで、ぜひお訊ねしたいことがあります」

　グルア監獄に勤務していたヘロニモ・ブレトンは退役後、酔って歩いていたところを道路脇の側溝《そっこう》に転落して死亡している。

　死因は頭部を打ったことによる脳挫傷《のうざしょう》。深夜ということもあって目撃者はいなかったが、酔っ払うには充分な量を飲んでいた、という店主の証言があった。

「ブレトン大尉が生前、グルア監獄に勤務していたことはご存じですか？」

「もちろんだ。左遷させられたと、愚痴を零されたことがある」

「退役されたことも、ご本人から？」

「一度だけ、彼がこちらに帰ってきてから一緒に酒を飲んだ」

　これは当たりだったな、とディエゴは内心で直感に従った自分を褒めた。

　十五年前、監獄の件で退役した者たちは、おそらくもう生きてはいないだろうという確信があった。念のために調べさせたが、推測を裏付けただけだった。

　ディエゴが眼をつけていたのは、彼らの周囲の人間だ。家族や兄弟、友人ならばなにか話を聞いているかもしれない。箝口令が敷かれていたところで、人の口に完全に戸を立てることはできないのだ。本人に話すつもりはなくても、うっかり漏らしている可能性もある。

　ただし、軍人が相手では駄目だ。その人物を通じ、上層部に勘付かれてしまう恐れがある。リベラは保守派ではあるが、軍の人間と癒着していないことはオルモスに確認済みだった。

「その時の話を詳しく教えてください」

「それは構わないが……条件は呑んでもらえるんだろうね？」

　無傷では情報を得られない。ディエゴはオルモスを通じ、グルア監獄について独自に調査している旨を伝えてあった。今回、リベラが会談に応じる見返りとして、情報の提供を求められている。

　オルモスと同じように、リベラもまた、保守派と改革派の均衡を保つことに腐心している人間だった。保守派は今回の件で、軍の擁護を行っている。しかし、もしも軍に不利な情報が出れば、保守派も考えを改めざるを得ない。

　だが、そうなってすぐに意見を翻したのであれば、改革派から、そらみたことかと嘲笑《あざわら》われることになる。保守派から去る者も現れるはずだ。それを防ぐためには、根回しする時間が必要だ。

「もちろんです。保守派の方々には、これからも軍を支えていただかなければ」

　今、改革派に勢力を増されるのは問題だ。彼らは容赦なく軍費の削減を命じるだろう。だが、急激な改革は混乱を招く。まず真っ先に打撃を受けるのは、軍を相手に商売を行っていた民間企業だ。中には多額の負債を抱える企業も出るだろう。

　伊達《だて》に軍事国家と呼ばれてきたわけではないのだ。軍の縮小には、十年あっても足りない。長い年月を掛け、少しずつ不要な部分を削ぎ落とすことが好ましいのである。

　しかし、それは軍人であるディエゴの立場から見た場合だ。経済面での国力増強を掲げる改革派にしてみれば、軍に配慮した革命などあり得ないと主張する。だからこそ、保守派には現状を維持してもらう必要があった。

「……ヘロニモが気になることを言っていた」

昬をひと舐めしたリベラは、誰かが聞き耳をたてているわけでもないのに潜めた声で告げた。

「自分はおそらく、消されると。私は退役して気が弱くなっているのだと思い、一笑に付した。ヘロニモが死んだのは、その一週間後のことだ。事故死として処理されたが、私は他殺だと確信した」

リベラは怯えるように体を縮こまらせた。だが、ずっと誰かに話してしまいたいと思っていたのか、言葉は淀みなく流れていく。

「ヘロニモが言っていた。もしも自分が死んだら——とある誘拐《ゆうかい》事件を調べてほしい。ただし、大っぴらに動けば軍に気付かれる。お前も俺と同じ道を辿ることになるだろう。だから、むりにとは言わない、と」

「それで、あなたは調べたのですか?」

リベラは恥じ入るように俯いた。彼は軍に眼をつけられることを恐れ、黙殺したのだ。だが、ある意味でそれは正しい行動だった。その後、関係者は一年以内に命を奪われている。リベラが少しでも動きを見せれば、ブレトンが言ったように同じ道を辿っていたはずだ。

「……誘拐事件に関する記事が載った新聞を読んだ。それだけでも、足が震えたよ。それが私の限界だった」

「勇敢な行動が必ずしも実を結ぶとは限りません」

「ありがとう。それは身に染みてよくわかっているよ。議会長という身分不相応の地位に就いてからは、余計にね」

リベラは自嘲するように笑った。そして、真剣な表情を浮かべる。

「ヘロニモが言っていたのは、二十四年前に起こった誘拐事件だ。君も聞いたことがあるだろう。一年の間に、五人の子供が誘拐され、数ヶ月後、無事に保護された。犯人は軍の研究施設で働く二十代の青年だった。名前は、ラフィタ・オルディアレス」

確かに、そんな事件があったような気がする。ちょうど士官学校を卒業して軍に入隊したばかりの頃なので、詳細はよく覚えていない。

「グルア監獄となんの関係が？」

「わからない。ヘロニモはそれ以外、なにも言わなかった」

リベラは重い溜息をついた。十四年前、友人の無念を晴らしてやれなかったことを、気に病んでいるのだろう。

「ヘロニモは私と同じだ。他人に逆らうほどの度胸を持ち合わせていなかった。監獄でも、きっと上官の言いなりになっていただけなんだ。端から見れば、それでも解任されるようなことをしたと罵られるかもしれないが……私は、彼の気持ちがよくわかるよ」

眼にうっすらと涙を浮かべ、リベラはディエゴの手をがっしりと握り締めた。

「もしもなにかわかったら、すぐに知らせてくれ。なぜヘロニモが死なねばならなかったのか、私はずっと知りたかったんだ！」

「もちろんです」

ディエゴは慣れたもので、にこやかに対応する。長年の心残りが解決するかもしれないと思ったのか、リベラはそのまま支持者にでも対応するかのように握り締めた手を興奮気味に上下させた。

「ああ、そろそろ時間だ。君とはこの件が片付いたあとで、ゆっくりと酒でも酌《く》み交わしたいものだ。もちろん、物騒な話は抜きにしてね」

「光栄です」

「では、くれぐれも慎重にな」

晴れ晴れとした様子で、リベラは車を出て行った。護衛官に囲まれ、あっという間にホテルの中へと戻っていく。この密談は、議員たちの会合の最中、休憩時間を利用して行われたのだ。

オルモスが運転手に仕切り板を叩いて合図すると、

車は何事もなかったかのように発進する。シートに背中を預けたディエゴは、今日一日で一番深い溜息をついた。

「あれで議会長なのか」

「……うん、まあ、周りに流されながらも、それなりに頑張っている方ではあるんだよ。実際、改革派を押さえているだけでもすごいわけだし。毎回、泣きべそをかかされてるけど」

いい大人が泣きべそ、とディエゴは頭を抱えたくなった。リベラの経歴はすでに調べてある。彼は一言で表せば、〝運のいい男〟だった。

議員を多数輩出する家系に生まれたリベラは、周囲に求められるがまま、政界に足を踏み入れた。議会長だった父親の秘書官として働き、三十代後半には議員に当選。以来、様々な役職を無難に務め上げ、三年前に議会長に推薦《すいせん》される。

当時、有力な対抗馬は何人もいた。しかし、汚職が発覚して失脚したり、病気になって引退したりと、次々に政界から姿を消し、消去法で残ったのがリベラだったのだ。

議会長に抜擢《ばってき》されて一番驚いたのは、当の本人だっただろう。

「よく務まるものだな」

「そうは言うけど、ここぞっていう時は理にかなった決断もするし、僕はけっこう評価しているよ。自分の発言に責任を持てないぼんくらどもよりは、よっぽどましだ」

オルモスは大人しそうな顔をして、中身はかなり辛辣《しんらつ》だ。外見通りの男なら、政界でのし上がっては来られなかっただろう。

「協力を求めておいてなんだが、もう少し人を疑うことを覚えさせた方がいいぞ」

「それがあの人の美徳でもあるんだよ。自分の力だけで立っているわけじゃなく、あの人は色々な人たちに支えてもらって立っている人だ。でも、いざという時は支えがある分、なかなか倒れない。それは得ようと思っても得られないものだよ」

「ずいぶんと肩入れしてるようだな」

「まあね。でも、会合の時なんてすごく面白いよ。なにか言われると、涙目でぷるぷるしながら反論するの。遠回しな嫌味も全部真面目に受け取って、あからさまに落ち込むもんだから、相手も毒気を抜かれちゃうみたいでさぁ」

「……それは、本当に議員として大丈夫なのか？」

　軍人以上に腹の探り合いが行われている政界において、よくもまあここまで無事にいられたものだと感心してしまう。

「周りが支えてるから。あの人はあのままで充分なんだよ」

　確かに、自分にはとうてい真似のできない生き方である。オルモスは昔からの友人で、志をともにする仲間だ。だが、そのオルモスの紹介だったとしても、初対面に近い相手に胸襟を開き、無警戒にべらべらと喋る気にはなれない。

　あれが演技だという可能性もわずかながらにあったが……もしそうだとすれば、彼は歴史に名を残す稀代《きたい》の政治家になれる。

「このあとの予定は？」

「夕方に会食が入っている」

「なんだ。せっかく夕飯を一緒に取ろうと思ったのに」

「止めてくれ。この時期に議員と密会していたなどと噂されたら、どんな嫌味を言われるか」

　むしろ嫌味で済めばましな方だ。重要書類の流出犯が特定されていない状況でそんな噂が流れたら、ディエゴが犯人にまつりあげられてしまう。なにがあっても注目されることだけは避けたい。

　本来ならば、この密談自体、とても危険な綱渡りだった。しかし、リベラが直接会って話をしたい、と強く望んだのだ。ディエゴも何度も書面や人を介してやりとりするよりは、と要望に応じた。

　しかし、これは思わぬ収穫だった。グルア監獄の謎に迫る手掛かりが得られたのだ。どの対象者も家族や軍の交友関係は監視されている恐れがあるため、なかなか話が聞ける関係者を見つけられなかった。リベラが保守派で、オルモスと親しい関係にあったのは幸運だった。本人が驚くほどの小心者だったということも。

「僕はただ、義弟と食事をしたいだけなんだけどねえ」

オルモスは肩を竦めて見せた。今の時期、ディエゴと同じように、議員と親戚関係にあったり、友人であったりする軍人は苦労していることだろう。

「一連の騒動が収まったら、うちにも顔を出しておくれよ。母さんが君に会いたがっていたよ」

「そうだな。必ず顔を見せに行くと伝えておいてくれ」

その後、来た時と同じ方法で統括本部へと戻ったディエゴは、さっそく二十四年前の誘拐事件の資料を集めるべくチャベスに命じたのだった。

リベラとの密談から数日後。

ディエゴは統括本部の一階を足早に歩いていた。あと少しで民間人の立ち入りが制限されている場所に辿り着く、というところで、甲高い声に呼び止められる。

ちっ、と内心で舌打ちし、できるだけ人当たりの良さそうな笑みを浮かべ、振り向いた。

「これは、ビガット議員。先ほどの会談では貴重なご意見、ありがとうございました」

視線の先に立っていたのは、三十代後半のふくよかな女性だった。艶《つや》のある黒髪を肩の辺りで揃え、鮮やかな青のスーツを身につけている。いつもは柔和な印象の強いビガットだが、今日は獲物を見つけた猛禽《もうきん》類のように漆黒《しっこく》の瞳をギラギラと輝かせていた。

彼女の背後には、屈強な護衛官が二人、影のように付き従っていた。

「お話がありますの。少し、お時間をいただけませんこと？」

「申しわけありません。私はこれから会議が入っておりまして。すぐに戻らなければならないんです」

もちろん、嘘ではない。議員たちの矢面に立つ生《い》け贄《にえ》を決める、重要な話し合いだ。欠席したら最後、今までのようにこれ幸いと押しつけられてしまう。議員たちの相手はもううんざりだ。なんとしてでも避けなければ。

「会議、会議と、本当に実のある話し合いをしてらっしゃるのかしら？」

「もちろんです」

ビガットは改革派の筆頭議員だ。金食い虫である軍を批判し、その縮小を長年に渡って主張し続けている。それとは別に、孤児院の創設や地方での教育に力を入れ、国民からの支持も厚い。特に女性の支持者が多く、幅広い年代に人気があった。

先ほどの会談においても、三ヶ国平和条約が結ばれてから二十年、サライ国の経済は横這いが続いている点をしつこく問《と》い質《ただ》された。

これを打開するためには、軍費を縮小して、経済成長を第一とすべきである、と力説していた。

軍側からは、鉄という貴重な資源を他国に輸出することで軍事面での優位が損なわれ、他国の侵略を招く恐れがある、と反論したが、すぐにゼダ王国とコルセルオ連合国の軍事規模を提示され、すでにあちらも軍の縮小を行っている。こちらが手を出さない限り、侵略はあり得ないと一笑に付されてしまった。

面白いほど後手に回った内容に、もはや溜息すら出て来ない。そもそも軍の縮小はいずれ検討しなければならない議題ではあったのだ。戦争が起こらない以上、いつまでも過剰な人員数を抱え込んではいられない。

それをわかっているからこそ、軍もまともな反論ができずにいる。諸手《もろて》を挙げて賛成できないのは、彼らの要求があまりにも性急過ぎるから。それと、お偉方のくだらないプライドのせいだった。

「ああ、でも確かにお忙しいですわね。なんせグルア監獄の火消しがありますもの。いったい誰を生け贄にしてくるか、とても楽しみなんですのよ」

「ご冗談を。その件につきましては、念入りに調査を行っております。不正があれば正さなければなりませんからね」

「ええ。真っ当な方法で正していただけるのであれば、私たちも文句はありませんわ。ただ、そのために消えていった国民の血税に対し、軍がどのような弁明をしてくださるのか、期待しておりますわ」

ビガットが笑みを深めながら、眼を細めた。逃げる切っ掛けを摑めずにいるディエゴに、たまたま近くを通った軍人たちが気の毒げな眼差しを向ける。同情するなら替わってくれ。

「それは私の領分ではありませんので、お答えしかねます」

「あら、クライシュナ隊長は逃げるとおっしゃるのかしら？」

ディエゴは苦笑を浮かべることで相手の嫌味を受け流した。ビガットもまた、多忙な日々を送っている。その日程は分刻みで、いつまでも自分をいびっている余裕はないはずだ。

「もしも、アンリが生きていたら、きっと今のあなたにがっかりするでしょうね」

何気なく告げられた言葉。胸を刺す痛みに気付かない振りをして、ディエゴは少しだけ硬い口調で告げた。

「妻のことを持ち出すのは止めていただきたい」

本人も意図しての言葉ではなかったのだろう。すぐに、はっとした表情を浮かべ、彼女にしては珍しく神妙な面持ちで「私ったら、つい。ごめんなさい」と告げた。

「でも、アンリがいたらあなたは本当に大変だったと思いますわ」

「そうでしょうね」

ビガットはディエゴの妻、アンリ・クライシュナの学友である。卒業後も交友は続いていて、ビガットが議員に立候補した際は、陰ながら応援していた。

特に、ビガットの理念に共感していた。保守派に属する兄や軍人である夫の手前、表立って接触はしていなかったが、裏では熱い議論を交わしていたようだ。見た目はオルモス同様のたおやかな印象だが、芯は兄にも負けないほど強さを秘めた女性だった。

「それはそうと、時間がないというのなら、ここでお訊きしてもよろしいかしら？」

絶対に逃がしてなるものか、という気迫が伝わってくる。おそらく、前々からディエゴを呼び止めるべく狙っていたのだ。

――ここは別の生け贄を捜そう。

素早く決断すると、ディエゴは悟られないように周囲に視線を配った。知り合いを見つけ、さも用事がある振りを装う。ビガットは軍人の間でも有名だ。絡まれているとわかれば、話を合わせてくれるはずだった。

「グルア監獄のことです。あなたは、重要機密を知り得る立場にいたのではありませんか？」

「まさか。私は連隊を預かってはいますが、地方の基地を任されただけにすぎません。買い被り過ぎですよ」

どうして、こういった時に限って知り合いがまったく通らないのか。いっそのこと、適当な軍人を捕まえて一芝居打つか、とディエゴが思い詰めた時だった。若い男性がビガットに近付く。襟元の記章が、意外にも彼が議員であることを示している。

「ビガット議員。お話し中のところ申しわけありません。そろそろ次のお時間が迫っています」

「あら、もうそんな時間？　わざわざ呼びに来させてしまって、ごめんなさいね」

「いいえ」

三十代半ばの男性だ。背はサライ人の平均程度はあるだろうか。黒いスーツを着て、襟足に掛かる程度に伸ばされた髪を軽く後ろに流している。整った容姿はどこか冷たい印象があり、近寄りがたい雰囲気を漂わせていた。

「紹介しますわ。改革派の議員で、ルフィノ・バレーラよ。こちらは第六連隊のディエゴ・クライシュナ隊長」

「初めまして。バレーラです」

差し出された手をディエゴは握り返した。挨拶が済むと、バレーラは少し焦りを滲ませた素振りでビガットを促す。それに、ビガットは残念そうに肩を落とした。

「この次は、きちんとお答えいただきましてよ？」

と、捨て台詞を残し、足早に去って行く。

ディエゴは安堵に胸を撫で下ろしたあと、先ほど言葉を交わしたバレーラのことを考えた。

——まさか、このような形で顔を合わせるとは。


以前オルモスに、ある議員を調べてほしいと頼んだことがある。それが、バレーラだ。彼はディエゴと同じようにグルア監獄に密偵を送り込んでいる。バレーラの独断ではなく、複数の議員が絡んでいたのかもしれないが、さすがにそこまでの探りは入れられなかった。

バレーラは政界に入る前まで、首都にある士官学校の教官を務めていた。軍人上がりではなく、一般枠での採用だったようだ。主に座学を担当し、生徒たちからの評判もよかった。

士官学校を辞任してから、改革派の後押しを受けて議員に当選。今から二年前のことだ。

今、ディエゴの手元にある情報はそれだけだ。オルモスも忙しいようで、バレーラに関する情報はまだ収集の段階らしい。

軽く挨拶しただけでは人となりを知ることはできなかったが、立っているだけで存在感のある男だということはわかった。

二人の姿が統括本部の正面玄関に消えるのを見送って、ディエゴは連隊長室に向かった。次の予定までは、まだ若干の余裕がある。あのままビガットにしつこく食い下がられていたら、遅刻する羽目になっていたが。

次からは、本部内だからといって気を抜かず、常にチャベスを連れて歩こう。ディエゴは固く誓った。もう誰にも呼び止められないよう、急いでいると端からでもわかるほどの速度で歩き、第六連隊長室の扉を勢いよく開く。

「チャベス。次の予定までに書類を――」

準備してくれ、と言い終える先に、ディエゴは室内にチャベス以外の人間がいることに気付いた。

「おっ、やっと戻って来たのか。さすがに待ちくたびれたぞ」

客用のソファーにふんぞり返っていたのは、七十を過ぎたくらいの男性だった。棺桶《かんおけ》に片足を突っ込んでいてもおかしくはない年齢にもかかわらず、筋骨隆々とした肉体に、上背はサライ人の平均よりも一回り大きい。短く刈り上げられた頭髪には白いものが混じっていた。

ニルス・リル。クロラの祖父である。

「……なぜ、ニルス教官がここに？」

事態が飲み込めず、茫然としていたディエゴだったが、辛うじて理由を問うことができた。ディエゴが扉を閉めると、今までニルスの相手を務めていたチャベスが一礼し、部屋を出て行く。

「孫のことで、訊きたいことがあってな。あいつは元気にやっとるか？」

「ええ。あなたの作った借金を返済するために、危険な綱渡りに挑戦していますよ」

「どうせまた、難しい任務でも与えたんじゃろ」

彼の孫と同じ緑色の瞳が、悪巧みをする子供のようにきらりと光った。

「なんつっての。あれがグルア監獄に潜入していることくらいは知っとるぞ」

いったいどこにそんな伝手《つて》を持っているのかと問いたくなるほど、ニルスの手元には様々な情報が集まる。羨《うらや》ましいことだ。

「まあ、そのことの確認だな。なんでクロラを監獄に潜入させた？」

ディエゴは空いているソファーに座りながら、どこまで説明すべきか躊躇《ちゅうちょ》した。しかし、クロラのことを知っているならば、ディエゴがなぜ彼をグルア監獄に送り込んだのか、その理由にも勘付いているだろう。ここは開き直って正直に答えた方が得策か。あわよくばニルスの知る情報を引き出せれば儲《もう》けものだ。

「彼以外には務まらないと判断したからです」

「そんなことはねぇだろ。お前のとこの密偵は粒揃いだ」

「相手がセルバルア・ゼータでなければ、私も考えましたよ」

「ああ、そういやお前はあいつの後輩だったな」

ディエゴにとってニルスは士官学校時代の恩師になる。グルア監獄所長のゼータもまた、彼の教え子の一人だ。

「確かに、セルバルアが相手なら慎重にもなるか」

「それを訊くために、わざわざここへ？」

「花の品評会があるからな。そのついでだ。しかし、そうか。偶然、か」

意味ありげな言葉に、ディエゴは眉を寄せた。ニルスは今までディエゴが命じた任務について、一度として口を挟んだことはなかった。それがたとえ、生きて帰れないようなものであっても、だ。

だからこそ、わざわざここまで足を運んだニルスの行動には違和感を覚える。

「なにか問題でも？」

「いや、ただの杞憂だったようだ。わしも歳を取って心配性になったらしい」

どの口が言うか、とディエゴは呆れたが、ニルスの真剣な眼差しに考えを改めた。

「クロラを監獄に送り込んだことに問題が？」

「あると言えばあるが、ただの偶然であるなら問題はない……と、言いたいところだ。じゃが、わしは偶然の方がたちが悪いと信じていてな」

ニルスはソファーから身を乗り出した。

「あれを呼び戻せんか」

「……できません」

クロラは上官の不興を買って監獄に左遷されたことになっている。こんなに早く呼び戻せばゼータに怪しまれ、クロラの替わりの密偵を送り込むのも難しくなる。

ディエゴの返答は予想の範囲内だったのか、ニルスは深い溜息をついてソファーに座り直した。

「監獄とクロラになんの関係が？」

「悪いが、それは話せん。知りたければ、自力で調べることだな」

なにかあると教えてもらえただけでも幸運だったと思うべきだろう。そういえば、ニルスは引っかき回すだけ引っかき回して、あとはさっさと逃げていくのが得意だった。その尻拭《しりぬぐ》いに奔走したのは、ディエゴを含めた彼の教え子たちである。

「よし、帰るか」

「……お役に立てませんで」

「忙しいところ悪かったな。そうだ。帰りがけに元帥室に顔見せにでも寄るか」

そういえば、今の元帥もニルスの元部下だ。ともに戦場を駆け回った――本人曰《いわ》く、引き摺り回された、という話は有名である。

「あいつもそろそろ歳だからなぁ。今度、生肉でも差し入れてやるか」

「止めてください」

「そうか？　今、暮らしている場所は熊が多くてな。新鮮な肉がいつでも手に入るんだが……」

「絶対に止めてください」

「クロラの奴が小言ばかり言うようになったのは、きっとお前のせいだな。その引き攣った顔がそっくりだ」

お前にも持ってきてやるよ、熊肉。そう言って、ニルスは嵐のように去って行った。これから精神を摩耗する会議が待っているというのに、こんなところで気力を遣ってしまうとは想定外だ。

しかし、ニルスが言っていたことも引っ掛かる。クロラと監獄になんの関係があるのだろうか。監獄島からの報せは、まだ届かない。

「私には、私のできることをするか」

チャベスが隊長室に戻ってきて、ディエゴの執務机に報告書の束を置いた。その中の一枚を手に取る。まずは、二十四年前に起こった誘拐事件の詳細からだ。


薄暗い室内。

古びたソファーに横になりながら、掌ほどの紙切れを眺めていたバレーラは、静寂を壊さないように気配を殺して接近する男に気付いた。屋根裏部屋のような場所で、月の光だけが唯一の明かりである。男は暗闇に紛れ、足下しか見えない。

「いい加減に寝なよ。明日も早いんだろ。そんなんじゃ、体がもたない」

「うん。でもな、今はまだ興奮して眠れそうにない。待ちに待ったビセンテからの連絡なんだぞ？」

バレーラの声には喜色が滲んでいた。対する男は、どこか憎々しげに呟く。ガツン、ガツン、となにかを殴りつける音が響いた。壁にでも八つ当たりしているのだろう。男の悪い癖だ。

「そのせいで、ビセンテ兄貴は死んだ。そうだろ？」

「あいつは生きてグルア監獄から戻れるとは思っていなかった。覚悟していたことだ」

「だからって……。俺は、セルバルア・ゼータが、軍が許せない。あいつらはいつも俺たちから大切なものを奪ってく」

バレーラは立ち上がった。そして、怒りに肩を震わせる弟を優しく抱き締める。

「じゃあ、次は俺たちが奪い返す番だ」

バレーラの手に握られていた紙には、数字が羅列《られつ》されていた。

弟を宥め、窓辺に近寄る。棚の上にあった鳥籠には、一羽の真っ白い鳥が渡し木に留まりぐっすりと眠っていた。

「グルア監獄島の位置はわかった」

ビセンテが命を賭けて探り出してくれた情報だ。誰よりも家族想いな彼は、人質にされることを恐れ自らの命を断った。

平然としているように見えるバレーラも、内心では腸《はらわた》が煮えくりかえるほどの怒りを感じている。ずっとホドロフの中で眠っていると思い、安心していたのに。

「それに、確かめなければならないこともある。どうして、ビセンテが今になって目覚めたのか」

眠る、というよりは〝封印〟に近い。肉体にどれほど損傷を受けようとも、目覚めることない深い眠りだ。自白剤の投与を恐れたビセンテは、自ら眠りについたはずだ。

それなのに、彼は三年を経た今、なんの前触れもなく眠りから覚めた。

「脱獄があったことを、軍は内々で処理しようとしている。それを議員側に密告しよう。軍は当然、別件として調査団を派遣せざるを得なくなる。みんなに連絡しよう。忙しくなるな」

「そうだね」

奪われたのなら、それと同等価値のあるものを壊せばいい。

待ってろ、セルバルア・ゼータ。お前には必ず、この手で苦しみを味わわせてやる。薄暗闇の中、二対の瞳が爛々《らんらん》と輝いていた。

終章

それは、唐突に発覚した。
警邏隊の詰め所から戻ってきたコルトバが、「なんか君の写真がいっぱいあったよ」といって、隊長室にあったものを持ってきてくれたのだ。有り難迷惑だ、とクロラは肩を落とした。
部屋に戻って途方に暮れていると、今晩も泊めてくれーとやってきたブラトが、封筒にわんさか入った写真を見て、挙動不審になった。ハイメと二人掛かりで問い質したところ、彼は洗《あら》い浚《ざら》いすべてを吐いた。
警邏隊の隊長に頼まれたのだ、と。

そして、クロラは一日の業務が終わったあと、ブラトを伴い警邏隊の詰め所を訪ねた。どうせ、写真が本人の手に渡ったことは知られているのだ。ここははっきりとさせておいた方がいいだろう。むろん、密偵疑惑は否定するつもりだ。

クロラを待っていたのは、土下座せんばかりの勢いで謝罪するララファだった。

「君は私の癒《いや》しなんだ」

整頓《せいとん》された隊長室で聞かされた言葉に、クロラは己の耳を疑った。

ちなみにブラトは、クロラがララファと二人っきりで話がしたいと言ったので、別室で待機中である。涙目でだだをこねたので、気を利かせた隊員が引き摺って行ってくれた。

警邏隊は元隊長とはいえ、脱獄犯であるホドロフに詰め所を荒らされたことがよほど堪えたのか、今では来客があると必ず隊員の一人が最初から最後まで付き添うことが義務づけられたようだ。つまり、ブラトは苦手だと公言して憚《はばか》らない警邏隊員と密室に二人きり。いい気味だ。

「あの、理由をお訊きしても？」

「私は可愛いものが好きなんだ。君も癒しだが、同じくらいバシュレ一等兵も愛《め》でたいと思っている。むしろ彼女には友達になってもらいたい」

一部の女性兵士の中には、軍隊での男だらけでむさ苦しい生活に耐えきれず、室内を少女趣味な家具や小物で統一する、という趣味を持つ者がいると聞いたことがある。ララファもそういった類いなのかもしれない。

深刻な顔つきをしたララファは、胸に溜めた鬱憤を吐き出す勢いで続ける。

「それなのに、私の周りに集まるのは、筋肉、筋肉、筋肉ばかり。たまに配属される小柄な新入りも、半年後は立派な筋肉の仲間入りだ。例外はない。それなのに、ゼータは可愛らしい子ばかりを傍に侍《はべ》らせて……！」

ゼータに対する憎しみには、ものすごく身勝手な私情も含まれていたようだ。クロラは複雑な気持ちで懊悩《おうのう》するララファを眺めた。街でクロラを睨みつけたのも、その憎しみが滲み出てしまった故のことらしかった。はじめは演技かとも疑ったが、もし本当にそうならもっと信憑性のある嘘をつくだろう。

「ええと、だから写真を無断で撮るように頼んだと？」

うぐ、とララファが言葉に詰まる。あれは明らかな盗撮だ。いくら筋肉に苦しめられていても、やっていいことと悪いことがある。

「……すまない」

「街で僕を尾行したのも、クライシュナ隊長ですよね？」

「そ、それは……つい」

クロラは密偵として疑われているのではと、真剣に悩んだのだ。無駄な時間ほど嫌いなものはない。できれば金銭に換算して、慰謝料《いしゃりょう》として払ってもらいたいものだ。

「ブラト一等兵に好みの女性を訊くように頼んだのも?」

「いや、それは彼の独断だろう。もちろん、知りたくないわけではないが……」

おそらく、ブラトはララファに恩が売れるのではないか、もしくは、単に女性の前でいい格好をしたいという思いがあったのかもしれない。

「せめて、一枚でいい。写真を返却してくれないか。できれば至近距離のものを」

残念な美人って、きっと彼女のことを言うのだろうな。クロラは冷静な気持ちでそう思った。その沈黙をどう解釈したのか、ララファは顔を真っ赤にして声を荒らげる。

「一枚くらい、いいではないか!」

お前も一日中、筋肉達磨《だるま》に囲まれてみれば私の気持ちがわかるはずだ、とララファは吐き捨てた。駄目だ。放置すればするほど、残念度が上がっていく。

「……わかりました。一枚だけですよ」

「恩にきる!」

本土にいるディエゴ隊長。あなたの妹さんは、しばらく会っていないうちにとんでもないことになっていましたよ、とクロラは遠い眼差しを浮かべた。レイラに今度報告する時は、ララファのがっかりな情報も入れてくれと頼んでみよう。これは無断で撮影して、クロラに無用な警戒をさせたララファへのお仕置きだ。

「ところで、アレクシス・ホドロフのことですが……」

「それについては、私も少し考えを改めることにした。むろん、私は今もホドロフ隊長の無実を信じている。おかしな話だが、船着き場で私の前に立ったあの男は、隊長ではない別の誰かだと思っている」

「収監中の入れ替わりはあり得ません」

「わかっている。だから、私はその謎を探ろうと思う」

「……協力はできませんよ?」

「それは残念だ。だが、私は諦めるつもりはないよ」

そう告げるラファは、どこか吹っ切れたような顔をしていた。

他愛《たわい》のない雑談のあと、別室で待たせておいたブラトの元に戻ると、なぜか部屋の隅で蹲り、「警邏隊怖い。筋肉怖い」と呟いていた。ララファが共感を持ってしまうから、その呪文は止めてくれ。

「とりあえず、ブラス先輩。肖像権ってご存じですか?」

クロラはブラトに片手を差し出した。ブラトは写真を提供する代わりに、かなりの報酬を得ていたのだ。

人の写真で小遣いを稼ぐなど、百年早い。こうしてクロラは、精神的な疲労を感じながらもまとまった額の臨時報酬を受け取ったのだった。


ホドロフ――ビセンテは手当の甲斐なく命を落とした。

いったい、彼はなぜ脱獄を図ったのか。その謎は未だにわかっていない。

あの日から数日間、ゼータは誰の眼から見てもわかるほど荒れていた。ちょっとした規則違反でも、崖から容赦なく吊るされる。その大半は、第一監房棟に集中していた。

クロラはあとで知ったが、脱獄に関わったと思われるアバルカスとミランは、数日経った今も反省室に入れられているようだ。それは警邏隊の、加害者となってしまった隊員たちも同様で、どちらも処遇に困っているという印象を受けた。

いくら暗示に掛けられていたからとはいえ、重傷者が出た以上、無罪放免というわけにはいかない。彼らにはなんらかの罰が下るのだろう。

大怪我を負ったカルレラは、監獄内の医務室で療養中だ。責任を感じたバシュレが暇を見ては看病しに通っている。看病というよりは、傷口に塩を塗りたくっているようなものなのだが……。

クロラは椅子に座って窓枠に寄り掛かりながら、夜の海を眺めていた。今日は月も丸く、海がよく見える。押しては返す波音も、いつもより大きく聞こえた。

クロラは考える。

なぜ、ゼータはホドロフに執着したのか。生かして、なにを吐かせるつもりだったのか。そして、ホドロフのもう一つの名前。

〝――俺は七兄弟の四番目、ビセンテ〟

ララファに確認した。ホドロフに兄弟はいない。

一連の情報はレイラに伝えてある。〝ラフィタ〟という謎の言葉も。報告を受けたディエゴは、それについて調べるだろう。

残る期限は、あと四ヶ月。

その間に、自分はどこまでグルア監獄の謎に迫れるか。キラキラと輝く海面を眺めながら、クロラは小さく溜息をついた。さすが、特別手当が倍なだけはある。

レイラには怒ったが、これは多少の危険な綱渡りも必要そうだ。

「風に当たり過ぎると傷に響く」

「もう大丈夫ですよ。抜糸も済みましたし」

「まだ、駄目だ」

「……はい」

過保護なハイメの声に、クロラは素直に返事をして椅子から立ち上がる。窓を閉めると、波音が少しだけ遠ざかった。

〝君は、誰？〟

「そんなの俺が聞きたいよ」

目の前で自らの命を断った彼の声が、耳の奥で反響し続けていた。

了

あとがき

監獄といえば、脱獄がつきものですよね。難攻不落の牢獄《ろうごく》と言われると、幾多《いくた》の受刑者が脱獄に挑んだのでは、とついつい想像してしまいます。

なので、絶対に脱獄は不可能だと言われているグルア監獄でも、脱獄者を出してみました。もっとも、監獄自体は難攻不落というわけではありません。逃げようと思えば、わざわざ脱獄用のトンネルを掘ったり、窓の鉄格子をやすりで削ったりしなくても、刑務作業中や運動の最中にあっさり逃げられます。ただ、島からの脱出が難しいため、脱獄は不可能だと言われています。もっとも、逃げた先に待っているのが、ゼータ所長による身の毛もよだつほどのお仕置きだと思えば、逃げる足も鈍《にぶ》りますよね。

そして、一巻でよく知り合いから、「今回のヒロインはドジっ子なんだね」と言われましたが、バシュレ一等兵はヒロインではありません。二巻を読んでいただければわかります。昔から、主人公が繰り広げる恋愛劇よりも、脇役同士の拙い恋の方に眼がいってしまうのはなぜなんでしょうね。前回の「華国神記《かこくしんき》」も、周りの脇役カップル話にはついつい力が入ってしまいました。本シリーズでも、脇カップルにはスポットライトを当てていこうと思っています。クロラは……ほら、愛よりも金。むしろ金命！　な人ですから（笑）。

今回もたくさんの方にお世話になりました。担当さんには、相変わらずお世話というか、迷惑ばかりを掛けまくっている気が……。イラストレーターの伊藤《いとう》さんにも、もっと早く原稿をお届けしたい！　表紙のカルレラは、一目見て「腰がけしからん！」と叫ぶくらい素晴らしいものでした。苦労性のちょっと悪いおっさん。それがカルレラのイメージです。

一巻のあとがきで、二巻では脂《あぶら》の乗りきったおじ様たちが出ます出ます詐欺《さぎ》をしてしまいましたが、三巻には必ず出ます。ディエゴ隊長が大活躍の予感です。次の巻でもお会いできることを楽しみにしております。

九条　菜月

ご感想・ご意見をお寄せください。

イラストの投稿も受け付けております。

なお、投稿作品をお送りいただく際には、編集部
(tel:03-3563-3692、e-mail:cnovels@chuko.co.jp)

まで、事前に必ずご連絡ください。

C.NOVELS Fantasia

二人《ふたり》の脱獄者《だつごくしゃ》
——蒼穹《そうきゅう》に響《ひび》く銃声《じゅうせい》と終焉《しゅうえん》の月《つき》

2013年9月25日　初版発行

著　者　九《く》条《じょう》菜《な》月《つき》

発行者　小林敬和

発行所　中央公論新社
〒104-8320　東京都中央区京橋2-8-7
電話　販売 03-3563-1431　編集 03-3563-3692
URL http://www.chuko.co.jp/

DTP　ハンズ・ミケ

印　刷　三晃印刷(本文)
大熊整美堂(カバー・表紙)

製　本　小泉製本

Published by CHUOKORON-SHINSHA, INC.
Printed in Japan　ISBN978-4-12-501264-3 C0293

応募規定

❶プリントアウトした原稿、❷表紙＋あらすじ、❸エントリーシート、❹テキストデータを同封し、お送りください。

❶プリントアウトした原稿
「原稿」は必ずワープロ原稿で、40字×40行を1枚とし、90枚以上120枚まで。
※プリントアウトには通しナンバーを付け、縦書き、A4普通紙に印字のこと。感熱紙での印字、手書きの原稿はお断りいたします。

❷表紙＋あらすじ（各1枚）
表紙には「作品タイトル」と「ペンネーム」を記し、あらすじは800字以内でご記入ください。

❸エントリーシート
C★NOVELSドットコム[http://www.c-novels.com/]内の「C★NOVELS大賞」ページよりダウンロードし、必要事項を記入のこと。
※❶❷❸は、右肩をダブルクリップで綴じてください。

❹テキストデータ
メディアは、FDまたはCD-R。ラベルにペンネーム・本名・作品タイトルを明記すること。必ず「テキスト形式」で、以下のデータを揃えてください。
ⓐ原稿、あらすじ等、❶❷でプリントアウトしたものすべて
ⓑエントリーシートに記入した要素

応募資格

性別、年齢、プロ・アマを問いません。

選考及び発表

C★NOVELSファンタジア編集部で選考を行ない、大賞及び優秀作品を決定。2015年2月中旬に、C★NOVELS公式サイト、メールマガジン、折り込みチラシ等で発表する予定です（一次選考通過者には短い選評をお送りします）。

注意事項

●複数作品での応募可。ただし、1作品ずつ別送のこと。
●応募作品は返却しません。選考に関する問い合わせには応じられません。
●同じ作品の他の小説賞への二重応募は認めません。
●未発表作品に限ります。ただし、営利を目的とせず運営される個人のウェブサイトやメールマガジン、同人誌等での作品掲載は、未発表とみなし、応募を受け付けます（掲載したサイト名、同人誌名等を明記のこと）。
●入選作の出版権、映像化権、電子出版権、および二次使用権など、発生する全ての権利は中央公論新社に帰属します。
●ご提供いただいた個人情報は、賞選考に関わる業務以外には使用いたしません。

締切

2014年9月30日（当日消印有効）

あて先

〒104-8320　東京都中央区京橋2-8-7
中央公論新社『第11回C★NOVELS大賞』係

（2013年9月改訂）

主催・C★NOVELSファンタジア編集部

九条菜月の本

翼を継ぐ者

1 契約の紋章

シュルベル王国の小さな農村で育った少女リディア。ある日、村に他領の騎士が乗り込んでくる。リディアは主家の継承者の証を持っていて、自分たちは迎えにきたというのだが……。

2 紋章の騎士

紋章貴族として生きる決意をした
リディアの前に立ちふさがる難問
——戦争か？　和平か？
自身の判断で人々の未来が決まる。
究極の決断を迫られ惑う彼女の
命を狙い、刺客が放たれた！

3 封印の紋章

シュルベル、カーランド両国で
高まる戦争の機運。二つの国に生きる、
二人の少女は、争いを避けるため、
それぞれの戦いに挑む！
一方、国内では教会を巡り、
不穏な動きが加速していた。

4 紋章の覇者

国境で戦の火蓋が切られた。
命を狙われた一連の出来事の裏に
義兄がいたことを知り傷つくリディアだったが、
紋章に秘められた力を使い、起死回生の手に打って出る！
シリーズ完結巻

イラスト／キヲー

九条菜月の本

魂葬屋奇談

空の欠片
平凡を自認する高校生・深波。学校に紛れこむ自分にしか見えない少年の存在に気付いたことで、平凡な人生に別れを告げることに！

淡月の夢
助人となった深波。見知らぬ少女に喧嘩を売られ、ユキからは呼び出され休む暇がない。今回は警察から欠片を盗み出せって……⁉

黄昏の異邦人
三日間だけだからとユキに拝み倒され、魂葬屋見習い・千早の最終試験に駆り出された深波。どうやら彼は訳ありのようで……。

追憶の詩《うた》
通り魔が頻発する地区で、使い魔を連れた男女に出会った深波。時雨からは「死にたくなければ近付くな」と警告されるが……。

螺旋の闇
ユキの失った生前の記憶に繋がる日記帳を手にした深波。意を決して、調査を始めようとした矢先に生意気な魂葬屋に捕まって……⁉

蒼天の翼
ユキの記憶をたぐる手がかりを僅差で失った深波。一度は落ち込むが、再び立ち上がったその身に危機が迫る！　シリーズ、完結！

イラスト／如月水

岡野めぐみの本

受難の三兄弟

1 三男レクスと魂の双子

辺境の村で暮らす魔力・知力・体力にそれぞれ恵まれた三兄弟。平穏な暮らしを守るため隠してきた三男の〈秘密〉が露見しそうになり、解決策を求め異界へ向かう……

2 長男ウィルと公妃ウィオラ

長男ウィルが第二王子に求婚された。
裏があると感じるソールたちだが、
しつこい攻勢にキレたウィルが
ついに承諾。王室派閥抗争の渦中に？
王子の真意は？

イラスト／高山しのぶ